香港美味

by
盧覓雪

enlighten 亮
&fish 光

香港美味

自序

作為一個斜槓族，2022 年的《香港味道》和 2023 年的《香港舊風味》，為我再添一個讓我害怕又尊重的身分——作家，尤其是兩本小書銷量不俗，很多讀者在路上撞到總會悄悄同我講：「有睇你本書呀，有跟你去搵食㗎！」給他們這樣一說，更加體會執筆如刀，怕寫壞了毀的不止是人家的招牌也是自己的心血。雖然一再強調自己不是寫食經更加不是食評人，但讀者認為我係也就無法推辭，惟有硬著頭皮再小心翼翼好了。

今年 5 月又去了一轉倫敦，朋友知道我歡喜印度菜，推介了開業九十八年開在麗晶街的 Veeraswamy，原來仲要係間一星餐廳。心想這間餐廳經歷過二次大戰，若果係人的話幾乎係百歲老人，自然聯想起尖沙咀半島酒店又或者 1881 嗰啲的建築物外形，點知去到發現外形係點唔重要，最妙嘅係入到去見到啲裝修佈置嗰種現代化和高品味，完全沒有所謂的百年老店先有嘅老人「除」，食物亦唔係重慶大廈食到嘅傳統店家庭式印度咖喱，相反係走 fine dining 路線，精緻而不失該有的風味，實在抵讚。即時諗起香港的陸羽茶室，開業九十一年，由永吉街搬到現址史丹利街都四十八年，雖然比 Veeraswamy 年輕，偏偏所有嘢嘅表現都出老態，服務有啲鬆弛，碗碟有啲皺紋，裝修有啲下垂，老成咁點搞呀？一邊食一邊反覆問點解人哋做到持盈保泰，我哋唔得？

　　我唔係香港美食部長，但我確係關心香港嘅美食發展，無他，喺我成長年代所接觸到唔同地方嘅美食，令我嘅生活充滿活力和喜悅，一直都心存感激，多謝香港嘅國際化提供咗一個既闊且深嘅美食平台畀我滑行漫遊。一間百年老店的招牌，在倫敦三步一間朱古力店，五步又一間糖果店，返到香港確係唔容易搵到！根據資料陳意齋1927年成立於佛山，其後搬到香港，其後即係幾時呢？雖然呢間都係我幫襯咗幾十年嘅老字號，狀況同陸羽一樣，已經舊到我驚佢哋唔知仲可以捱幾耐？

　　有時我都覺得係自己悲觀啫！喺我心目中最好的始終是媽媽的味道，可是媽媽總係比我們走先，沒有媽媽的日子怎麼辦？我發現總會食到某一啲菜式就會諗起媽媽，表面上係一碗湯，一杯涼茶，一煲粥，一碟肉餅，實則統統都係我們對媽媽的思念，也就是媽媽從來沒有離開過，她一直活在我們心裡，咁仲有乜嘢好驚呢？正如一個熟悉嘅時代結束，遇上一個失去嘅年代，感嘆新不如舊嘅時候，我哋可以往心裡翻一翻，曾經令我們感覺良好、叫我們讚賞、使我們緬懷的一切皆是美；香港係所有香港人嘅媽媽，媽媽嘅味道就係香港美味，借此機會分享我心中的《香港美味》，希望大家合味道喇！

盧覓雪

食得唔好嘥

中國四川一家餐館因舉辦「大胃王」挑戰賽，遭到當局立案調查。據了解這家位於宜賓市的餐飲店推出了「挑戰大胃王」競賽活動，要求參與者在規定時間內食 108 個抄手，吃的越快會獲得更多獎勵。而 2023 年 3 月，福建廈門一家酒店舉辦「漢堡王挑戰賽」活動，比賽規定食客在 30 分鐘內吃完 3 斤重的漢堡，即可退還入場券費用。該酒店同樣因觸犯《反食品浪費法》遭到立案調查。中國在 2021 年通過《反食品浪費法》，規定浪費食物是違法行為。該法還禁止網民製作和傳播暴飲暴食的吃播視頻，社交媒體上的很多「大胃王」賬號因而被關閉。

我有個主張「食得唔好嘥」嘅阿嫲，知慳識儉嘅媽媽，佢哋嘅價值觀就係如果食唔晒就唔好搲咁多，搲得落碗就有責任食晒佢；喺佢哋嘅培養下好自然痛恨一切嘅浪費，小時候物資缺乏，最經常聽到佢哋講嘅係：「食乾淨啲，扒埋嗰粒飯去！」細路仔唔聽話咩，佢哋就玩恐嚇：「嘩，食剩幾粒飯嘅話，男嘅第日就娶個豆皮婆，女嘅就嫁個豆皮佬！」都咪話唔驚驚！雖然都未見過豆皮佬豆皮婆，哈哈！

　　阿嫲係點樣食得唔好嘅法？中秋節食完個碌柚佢會留起碌柚皮去煮嚟食，佢真係識整，我亦都有食過，唯獨佢唔捨得落蝦子，味道差咗啲啲，質感同出街食到嘅差唔多喫咋。端午節佢又會包糉，鹹甜都有，鹹肉糉之外都有梘水糉，啲糉食唔晒會點？食唔晒嘅多數係梘水糉，佢會將啲糉切粒然後拎去曬成糉乾，煮紅豆粥、綠豆粥就會放一把落水；鬼咩糉乾咪即米乾吖嘛，飽肚喎！阿嫲死咗超過四十年，我仲留住佢當年嘅遺產，仲有四分一樽嘅糉乾，唔係諗住食，係提醒自己唔好浪費呀！

　　阿嫲過咗身之後，媽媽唔識煮柚皮，即使佢識包糉但已經唔識曬糉乾，亦冇趁煲紅豆粥嘅時候放埋落去煮埋嚟食，屋企嗰樽糉乾先至得以保存咗幾十年。不過佢識得整蘿蔔糕、芋頭糕、年糕、角仔、蝦片、脆麻花、腰果呢類賀年食品。講到呢度就要講媽媽有幾咁知慳識儉喇，佢每年只會喺準備過年食品嘅時候先會開油鑊一次，原因係唔想嘥油喎！原來嗰鑊油炸完之後就冇用，佢覺得好浪費。就係咁屋企一年到晚都冇菜式係炸嘅，極其量係煎，所以到我可以自主嘅時候出街食飯成日叫炸嘢嚟食，好似炸雞、炸子雞，炸豬扒、吉列石斑、米蘭牛仔肉，日本嘢之中天婦羅都佔相當位置，呢啲心理補償咪就係細個食唔夠惟有大個食番夠本囉！最近同

屋企人去食潮州菜，一家人對嗰碟炸雙棗，即係蝦棗蟹棗唔
算十分滿意，得我零舍滿意，似乎唔係人人都有童年陰影，
激死！

住家例湯

　　前「賢學思政」召集人王逸戰在塘福懲教所刑滿獲釋時，王的父母及逾十位朋友前來迎接。王向記者表示不打算離港：「雖然呢兩年我仲喺香港，但係因為一牆之隔，我有種莫名嘅鄉愁，我發現原來自己同呢片土地係密不可分。我諗無論未來變得幾壞都好，我都想盡力留喺呢片土地，同呢片土地同甘共苦。」他又指，在囚期間明白要珍惜擁有的一切：「呢兩年最掛住嘅係媽咪煲嘅湯，之前喺出面媽咪煲湯都唔會飲，但估唔到呢兩年呢碗湯係咁掛住。可能碗湯喺其他人眼中係平平無奇，但喺我眼中，係象徵住自由，同埋屋企人對我嘅關心關愛。」

　　見到任何人講佢哋媽媽嘅湯水都總係會觸碰到我內心最深處嘅溫柔，無他嘅，我一樣掛住媽媽嘅湯水，即使佢已經離開咗就快十五年。生長喺第一次國共內戰時代，媽媽冇乜機會受教育就要走難，輾轉經澳門嚟到香港從此落地生根，唔識字嘅傳統中國婦女，嫁咗個又窮但對飲食又有要求嘅老公，仲生咗五隻化骨龍，要返工仲要洗衫買餸煮兩餐，其實佢係時間管理大師。難得嘅係我真心認為媽媽嘅湯水係出色

嘅，皆因佢會因應時令用湯水幫我哋清熱祛濕、疏肝潤肺、明目益腦咁喇。

每間茶餐廳都有例湯，咁我屋企嘅例湯一定就係青紅蘿蔔煲豬踭，其實呢味嘢一年四季全年供應，當年我以為媽媽係貪佢材料得幾樣嘢夠平，而且做法簡單，所以成日煲，點知佢話個湯抵飲，好飲得嚟又可以清熱祛濕、潤肺止咳添喎。確實係簡單嘅，除咗青紅蘿蔔同豬踭之外仲有南北杏蜜棗同兩片薑咁大把。一般茶餐廳例湯多數係青紅蘿蔔豬骨湯，我每事問，點解我哋唔係煲豬骨，媽媽反我白眼然後話豬骨冇肉食得啲骨嘅火，煲老火湯用豬踭起碼湯渣食得落肚，嘩原來係精打細算嘅結果，呢啲咪係我哋成日講嘅累積智慧囉！

第二位應該係章魚蓮藕西施骨湯，加埋綠豆同陳皮，又係連湯連渣都一掃清，不過呢一味就秋冬天限賞，媽媽話補氣益血滋陰潤膚喎！我總係駁嘴話：你又冇讀過書？點知咁多嘢？媽媽都不怒反笑咁話：藥材舖個中醫話㗎！我未識死，補多句：人講你就信！呢個時候佢出殺手鐧喇：咁你唔好飲喇！咁樣我就會乖乖哋即刻收聲。冬天經常飲到蓮藕湯，好似過年例牌係蓮藕冬菇髮菜蠔豉豬肉湯，我又忍唔住開佢玩笑，冬菇蠔豉髮菜真係好，拎去煲湯又得，炆又得，直接煲

完湯撈番上嚟再炊都仲得喎！媽媽笑住答：你唔話埋隻雞？佢都一樣，白切、豉油、清蒸、煲湯樣樣得，你咪一樣食？諗番轉頭，我懷念嘅其實唔止係嗰煲湯，仲有呢啲兩母女之間嘅無聊對話，有一種只得我哋自己先感受到嘅另類親密，家陣講起，都舒筋活絡，心曠神怡！

香港美味

廣東湯水

內地中式快餐連鎖店老鄉雞否認網傳集團最快 2023 年 11 月向港交所遞交上市申請，成為首間上市的中式快餐股這個消息。有報導話集團 2022 年 5 月曾提交招股說明書，擬於上交所主板上市；而在 2023 年 8 月，老鄉雞選擇撤回 A 股 IPO。又傳老鄉雞原計劃在 A 股上市，集資金 12 億元人民幣。結果全部係假新聞。老鄉雞前身是 2003 年在安徽合肥開業的「肥西老母雞」，2012 年「肥西老母雞」進行品牌升級，易名為老鄉雞。老鄉雞主要售賣中式快餐，招牌菜包括肥西老母雞湯、香辣雞雜、鳳爪蒸豆米、梅菜扣肉等。

安徽合肥應該唔係講廣東話，但點解會改一個只有廣東人先識笑嘅名？廣東人鍾意飲雞湯原來合肥都一樣，都好想知道所謂肥西老母雞湯係點樣炮製嘅，同廣東人嘅雞湯有乜嘢唔同呢？小時候日常飲到嘅都係豬肉湯，話之係青紅蘿蔔、花生雞腳、蓮藕章魚、粉葛鯪魚，總之乜嘢湯都要加嚿豬肉，有時係豬脹有時唐排有時又西施骨層出不窮，但求啲豬肉可以出啲肉味畀啲湯之餘仲有湯渣可以食埋，我最鍾意嘅煲湯豬肉部位我講唔出，但係可以一絲絲肉挾出嚟嘅，點辣椒絲豉油，冇得頂。

　　印象中一年冇幾次係飲雞湯，往時只有大時大節因為要拜神，又或者生日喜慶先會有雞食，雞貴吖嘛點會捨得拎去煲湯？加上媽媽成日話雞湯燥所以唔多肯煲，你知喇廣東人重視食療，因應季節變化煲唔同嘅湯，好似菜乾豬肺湯、昆布海草犀牛皮大山地呢啲咁複雜咁多功夫嘅湯水佢反而會煲。其實廣東人唔止有雞湯，仲有鴨湯。我由細到大都鍾意陳皮鴨湯，如果你食過鴨腿湯飯就知道我講緊乜嘢喇，可能因為我係新會人，重視陳皮亦都欣賞陳皮喺煲湯發揮嘅作用，嗰種沉穩芳香係其他湯水冇嘅。

　　當然唔少得嘅仲有魚湯，任何魚煎過先落水啖湯煲出嚟係奶白色嘅我都鍾意，所以去食海鮮必然飲到嘅什魚仔豆腐湯鮮甜無比，落重胡椒粉仲正。鯽魚都係好啱煲湯，用番茄薯仔煲完條魚唔食㗎喇，番茄煲到溶溶爛爛冇乜得食，得番薯仔仲可以食，係我冇乜胃口又或者飲食疲勞嗰陣嘅恩物。至於牛肉，都唔係冇，清湯腩嗰啖湯就已經一絕喇，問題係重點放喺清湯定係腩上面，梗係兩樣都重要喇！不過有朋友煲過青欖牛脹湯我飲，啖湯似西人煲嘅牛肉清湯，但多咗欖味，最勁嘅係原來青欖有止咳化痰潤肺生津喉嚨舒坦，都話咗㗎啦，廣東人重視食療㗎喇，點會淨係為咗啖湯呀，問你死未！

味噌湯

經營 759 阿信屋的 CEC 國際發盈警,預料截至 2023 年 10 月底的中期將錄得溢利 10 萬元至 50 萬元,較 2022 年中期溢利 3380 萬元大幅倒退 98.5% 至 99.7%。集團指,中期溢利減少是由於中期期間並無錄得來自香港政府之新冠疫情補貼所貢獻之其他收入,2022 年中期此項其他收入為 1884.2 萬元。以及香港境外地區撤銷新冠疫情旅遊限制後,出境外遊人數顯著急升,導致零售銷售額減少。

我唔識做生意但睇完上面呢段唔夠 200 字嘅新聞,就認為呢盤生意冇得做,唔係咩?政府疫情補貼竟然係佢哋嘅盈利,冇補貼幾乎打個和得個做字。零食呢塊版圖唔止係物語,亦唔係世界咁細,我認為其實係一個宇宙咁大就差唔多。香港人鍾意食日本零食應該由八十年代初日資百貨公司陸續進軍香港開始,同一時間三越、松坂屋、吉之島、八佰伴、大丸、崇光、東急一間接一間開喺最旺嘅地區。日式百貨公司嘅地庫一定係超市,由新鮮蔬菜水果到海鮮肉類一應俱全,當時我年輕初出茅廬做記者,最常去嘅係三越,為嘅就係買嘢食。

　　第一份工就係做娛樂記者，返工時間比較晏，返十點，但有時前一晚做夜咗就會十一點後先至蒲頭，嗰陣時返到去先叫附近茶餐廳嘅早餐外賣，餐蛋麵、腿蛋治、榨菜肉絲米粉呢一類，嗰陣時已經流行送埋上嚟，就好似家陣嘅外賣速遞平台咁，只不過一間還一間要逐間叫咁啫。試諗吓十點幾十一點先隊個餐蛋麵，十二點零一點鐘啲同事又話去食晏，肚入面碗麵都仲未消化完有啲難搞。但係空肚等食晏又餓得滯，有乜辦法呢？好彩經常行三越，發現呢個世界有一樣嘢叫做即食湯包，我個世界即刻唔同晒！

　　我主打嘅係即沖麵豉湯，只不過成幢牆咁大全部都係賣麵豉湯，邊隻啱自己口味呢？嗰陣時報紙副刊仲未流行產品介紹，惟有用最原始嘅方法，逐個品牌逐個口味買嚟試囉，否則唔會知邊隻啱心水㗎嘛，係咪？原來麵豉湯都有分白麵豉同紅麵豉，出嚟嘅味道略有不同，我兩樣都得，試晒之後就發現品牌接近七十年以即食茶漬飯起家嘅永谷園最啱心水。因為實在方便，打開包裝倒入個杯加熱水搞勻就飲得，佢嘅湯包入面仲有海帶、腐皮同埋葱，口感上心理上都覺得有埋佢哋分外好味同飽肚，印象中呢個即食湯包，我維持咗大概兩年，每朝早飲佢嘅時候覺得自己好幸福，係一日嘅好開始。

可惜當時唔夠講究，就算買唔起漆器，都應該買隻扮漆器嘅
膠碗嚟裝碗湯，相信效果會更佳。家陣我有漆器碗呀，或者
可以再試過，用佢嚟做早餐，日日都在晴朗的一天出發！

打風餐

颱風「泰利」襲港期間，有傳媒去到粉嶺區內的超市和街市觀察，未見有大型「搶購潮」，菜價平穩未見上漲。有街市肉丸店職員稱過往打風多人「掃貨」打邊爐，佢仲形容嗰陣時市民買菜好似「搶嘢」，「倒落去即刻㗎，倒落去即刻要再加」，但係此情此景近一兩年已不復見；酒樓、連鎖快餐店則多人光顧及買外賣，有市民指疫情下習慣外賣，又慨嘆在家工作在疫情時盛行後，再無「風假」，打風日即使不用回到辦公室，亦要照常工作。

真係百思不得其解，往時一知道打風，香港人都有個要買定啲嘢食返屋企嘅基因，因為從前嘅打風真係各行各業全部停工，所有店舖都會關門，真係想買枝豉油都冇可能，交通工具停駛，所以的士可以開天價。但隨著時代進步，家陣嘅打風改變咗好多，公共交通工具提供有限量服務，好多連鎖快餐店八號風球都照開，戲院一定有人返工，成個城市嘅感覺好唔一樣。當時啲師奶一般都會買定啲新鮮蔬果，入定啲罐頭，等打風困喺屋企都唔會冇嘢食，通常都會預多啲，皆因唔會知個風幾時走。

　　罐頭係打風嘅好幫手，食唔晒冇所謂，反正擺得吓，閒閒哋放一、兩年。午餐肉、豆豉鯪魚、回鍋肉、沙甸魚同即食麵之類經常幫我屋企看門口，只有麵包同雞蛋係會補貨。自從獨居之後，已減少食罐頭，理由只得一個，所謂看門口就真係擺吓擺吓擺到過晒期，試過無數次佢哋嘅下一站係堆填區喎，每次都覺得過分浪費喇，搞搞吓咪唔再買囉。你係咪好擔心我打風冇嘢食呢？其實你哋諗多咗，因為從前屋企個雪櫃唔夠大人又多唔夠用，令到罐頭變得好重要，但我個雪櫃嘅容量，起碼夠一家四口用，但我一個人之嘛，放幾多都得，所以屋企個冰箱常年累月都有急凍水餃、香腸、煙肉、雞蛋、蝦子麵呢幾樣，唔慌會餓親。

　　就好似打風當日做完節目十點半返到跑馬地，見到廿四小時嘅老麥有開，便利店、超市全開，個別茶餐廳亦都如常營業，連區內唯一嘅燒味店，啲叉燒、油雞都掛晒出嚟，唔想煮可以坐低食，再唔係外賣速遞平台都幫到我，但係我決定返屋企清清冰箱，睇吓有乜就食乜喇。雞蛋果然係我屋企嘅常委，另外有食咗唔知幾多年嘅美國品牌辣肉腸，嘩！正呀！再搵吓，真係幸運到呢，竟然仲有一大包韓式即食麵，辣嘅，咁就正喇，即刻煲水煮麵，開鑊煎腸煎雞蛋，唔知你哋會唔會同我一樣？對煎條腸嘅要求係一定要爆，嗱！有人

鍾意唔爆但我鍾意爆，覺得條腸畀我煎到皮開肉綻分外 sexy 過人，隻蛋唔可以全熟，一定要少少流心咁就完美喇！整完碗麵覺得太多不足，首先屋企冇午餐肉，冇 kimchi，又冇芝士，否則就係部隊鍋喇，令我最氣餒嘅係連葱都冇，望住碗麵真係唔似樣。痛定思痛，下次打風第一樣要嘅就係葱呀！你以為我腌尖，唔係，而係打風咁多時間，做乜唔花多啲心神整靚碗麵喎！你話係咪？

豪華打風餐

2023 年 10 月，一名少年在颱風「小犬」襲港期間到鑽石山用膳兼購買電子設備配件，期間因多項公共交通暫停，他獨自經山路步行返大圍寓所時迷路，並報案求助，獲救時幸無受傷，少年最後在警員協助下返回寓所。該週末係天文台有記錄以來，10 月後掛九號風球至撰文時只有四次，小犬係繼 1975 年愛茜之後相隔 48 年再次出現嘅 10 月份九號風球。颱風小犬由弱轉強，唔單止令天文台甚至係所有人都失晒預算！

我都唔例外，好彩嘅係我有食神照住，真係要分享我喺週末嘅遭遇先得。上星期五雪姑共七友約咗去香港仔食海鮮，晏晝幫朋友賀壽，本來仲諗住食完之後就去行山消化一下，老闆平哥預先幫我做咗兩隻凍花蟹，留咗條接近三斤重嘅杉斑，「貢靚嘅椅」就梗係拎去清蒸喇。然後再要咗白灼蝦、椒鹽鮑魚、蒜蓉粉絲蒸扇貝、豉椒炒蟶子王，仲有例牌嘅什魚湯，點知老闆平哥話見到有新鮮蝴蝶蚌，二話不說又幫我哋加餸，白灼上枱。之所以叫蝴蝶蚌係因為個殼打開咗真係成個蝴蝶咁嘅形狀，蚌肉爽脆鮮甜，好幾個朋友都未食過，

淨係呢一味都食到佢哋舔舔脷。

七個人入面有三個係魚痴，頭尾都食晒佢哋吮到乾乾淨淨，反而食淨咗少少魚，最後叫咗兩碗白飯落去撈埋啲魚汁同碎肉，一個二個話飽一樣一人一碗食晒。就係因為呢碗仔飯飽咗，啲花蟹鉗剩咗喺度惟有打包。咪講咗原本諗住去行山嘅，點知食完之後又嫌個太陽大，成班人最後去咗我屋企打麻雀，嗰幾隻蟹鉗嘅歸宿就係我屋企個雪櫃。打完麻雀又趕去另一個朋友嘅生日宴，食潮州菜，咁啱食剩咗大半煲芋頭飯，梗係唔嘥嘢，打包做星期六晏晝唔使煩食乜！

所以星期六午餐就係將花蟹鉗拆肉，蒸熱番啲芋頭飯撈埋一碗，好味道。夜晚就去食開日本餐廳朋友喺日本幫我哋打點即日空運到港嘅魚生，包括秋刀魚、油甘魚、墨魚同埋生蠔，另外仲有一人一條燒香魚、大蝦天婦羅、北寄貝有味飯，喺佢嗰間裝修得似足日本嘅居酒屋，飲住清酒一路食，差啲唔記得自己其實喺尖東而唔係東京。最後又係食剩咗啲有味飯，同半枝清酒，又係我當仁不讓拎番屋企，諗住星期日嘅午餐有著落啦！

星期日瞓到黃朝百晏先起身，發夢都冇諗過瞓醒就收到將會掛八號風球嘅消息，即刻彈起身望吓個雪櫃有乜嘢，除

咗打包嘅隔夜有味飯，仲有上個禮拜打邊爐用剩嘅一個椰菜兩個番茄，個心即刻踏實咗，可以唔使撲出街買嘢。照原訂安排晏晝食咗盒有味飯先，晚飯就係番茄椰菜湯，就喺煲湯差唔多得嘅時候，竟然有人拍門，九號風球會有乜嘢人搵上門？原來鄰居啱啱去完西班牙，驚我呢挺單身人士冇嘢食，送包黑毛豬火腿過嚟，咁就唔客氣即刻倒番杯尋晚飲剩嘅純米大吟釀送黑毛豬火腿做頭盤，再飲番茄椰菜湯，呢個愛心颱風餐仲唔係有食神唔使頻能？

自創打風即食麵

2023 年暴雨導致石澳道山泥傾瀉和塌路，當區陸路交通大受影響，政府安排撤出石澳居民，經搶修後石澳道得以重開。但很快石澳道經歷一場大雨後又發生山泥傾瀉，一幅面積約 30 呎乘 30 呎的山泥塌下，沙泥湧至石澳高爾夫球會，無人受傷或被困。香港於該週末經歷百年一遇的暴雨，位於重災區港島東的石澳面對斷聯及斷路的「雙失」情況下，如同陷入孤島。見證本港日佔時期、年屆 91 歲的葉伯說：「一世都住石澳，第一次遇到這樣嚴重情況，好像回到日本侵華須徒步外出的時期。」仲話暴雨期間，屋企僅餘數日糧食，他當時只能與妻子及傭人「慳住食」，並一度「齋食麵」撐飽自己。

香港人普遍都有打風準備，屋企一般都會有即食麵同罐頭以備不時之需，我都唔例外，只不過冇諗到有一日會因為黑色暴雨而被迫留喺屋企，情況同十號風球一樣嚴峻。我比石澳嘅葉伯幸運得多，只要行三分鐘就有兩間超市同便利店，況且我住嘅嗰條街雖然有好多樹木同斜坡，但冇造成任何交通阻礙亦冇水浸。

其實打風嗰個禮拜因為預早知道會掛八號風球，都特登睇咗一轉究竟個雪櫃仲有啲乜嘢物資？有半條湖南臘肉，即刻睇吓自己仲有冇米，好彩分量仲可以分兩次，如果有臘肉但冇米就煮唔到臘味飯，咁就有臘肉都冇用啦。再睇，仲有兩盒雪糕，甜品都有埋，正！今次黑雨係緊接上個禮拜打風，所以仲有剩低嘅蝦子麵同韓國嘅辣味即食麵，好彩屋企永遠有雞蛋，因為我超級鍾意食蛋，以及因為打風而買入咗嘅鴛鴦腸。計一計數，悶悶哋夠食三日，完全冇問題。

打風都只不過係兩日嘅事，黑色暴雨都係兩日，所以儲糧嘅話儲三日乜都夠，葉伯一屋三人仲要唔知幾時先至可以同外界接通，所以要就住食嘅情況其實我年輕嘅時候都發生過，後生嗰陣時唔識理財，經常月尾最後一個禮拜已經使晒，但又搬咗出嚟自己住，信用卡又碌爆咗，惟有勒緊褲頭，真係成個禮拜都係食即食麵㗎咋。但係我唔會甘心淨係食即食麵，惟有苦中作樂，自己搞搞新意思。即食麵一般都係食湯麵，除咗嗰包麻油之外，我仲會落嗰枝橙色嘅辣椒汁，令佢加辣提鮮，效果好過用一般辣椒油。如果雪櫃又有避風塘炒蟹食剩打包返屋企嘅蒜頭豆豉辣椒蟹油，咁就豐富囉，即刻覺得自己升咗呢！

　　湯麵食多兩餐都覺得悶，咁變一變陣整番個撈麵，我會加腐乳，呢樣嘢係我個雪櫃常備嘅，同麻油好夾，只需要攞一磚出嚟壓溶佢，再加少少糖同幾匙羹煮麵水撈勻，當汁放落碗麵度，我好滿意自己呢個創作，係㗎，你睇我咁肥肥白白就知道窮風流餓快活係咁樣形成㗎喇！

食菜冇咁易

　　2023 年超強颱風「蘇拉」吹襲期間，香港部分地區水位上升，《香港動物報》網上發文，引述有讀者報料，上水河上鄉近上水救護站，有十八隻黃牛在十號風球下被水圍困，疑有牛被沖走。警方喺 9 月 2 日凌晨 1 時 23 分接獲報案，指該處有牛被困，警員到場後發現三隻牛，沒有即時危險及受傷，事件列求警協助。現場照片所見，該處已水退，多隻牛正在吃草。

　　天文台好罕有咁喺禮拜四，預先通告星期五凌晨會掛八號風球，變相全香港人都知道第二日唔使返工返學，個個即刻搵節目，有朋友即興約腳打邊爐，但佢哋當時仲返緊工，得我得閒去街市買材料，正所謂我不入地獄誰入地獄，點知街市原來就係地獄。我哋呢啲偶然先去行街市買餸嘅人自以為警覺性相當高，話說我 4 點去到鵝頸橋街市，首先行去買海鮮，秤好晒龍蝦、鮑魚仔、龍躉、蝦同蟶子，買海鮮嘅哥哥問我仲有冇嘢要，我話差唔多，因為仲要留番啲位置食牛肉，佢即刻推薦對面牛肉檔話佢啲牛肉好，咁我就梗係哼哼聲去買牛肉，買完之後就去買菜，地獄事件就由呢度開始。

　　行到去相熟菜檔，見到個菜檔好似已經打完八號風球畀啲風吹走晒啲菜咁冇乜得剩，我依然行埋去問一句：仲有乜嘢剩？佢個答案好好笑：你咁遲嚟乜都賣晒啦！我平日好鍾意用草菇打邊爐，好多菜檔啲草菇都係收埋嚟賣，我就問咁草菇呢？佢又答一句：你早一步就有，啱啱個外傭姐姐買唔到菜，見仲有啲草菇都一嘢掃晒，明天請早喇！其他檔口都有種兵荒馬亂感，啲人好似喪屍咁見菜就搶，我唔夠手快乜都搶唔到，反正啲菜檔都係得番啲番薯、芋頭、南瓜、薯仔、燈籠椒，冇一樣係適合打邊爐嘅，惟有當機立斷通知其他朋友見到街市見菜就買，我就撲番入跑馬地嘅街市碰運氣。

　　其實我只係想買條蘿蔔做個清湯底，返入去跑馬地嗰程電車已經諗清楚，如果都係買唔到蘿蔔，就買椰菜同番茄，點知去到菜檔真係乜嘢菜都冇，蘿蔔只有煲湯用嘅青、紅蘿蔔，正想話放棄，忽然見到大大條萵筍同埋絲瓜，即買仲叫菜販幫我刨埋皮，行番屋企又諗 plan A、plan B 都失敗，不如用 plan C 日本昆布頂檔都得嘅。就喺呢個時候見到超級市場，咦，最後機會嚟喇，行到入去喺放蔬菜嘅涼櫃見到最後一條蘿蔔，二話不說飛埋去搶。結果一個朋友途經街市諗住去搶菜買，最後佢只係搶到兩條粟米，唔知係咪幾經辛苦先得到嘅結果分外甜美，朋友都大讚蘿蔔夠甜、絲瓜夠脆、萵

筍夠透、粟米夠糯，原來用佢哋嚟打邊爐效果一流。呢餐係
我人生第一次冇人談論啲海鮮有幾新鮮，啲牛肉有幾夠味幾
有嚼口，喺地獄走一趟人都唔同咗，體驗到誰知盤中餐，粒
粒皆辛苦嘅滋味，個人即刻踏實晒呀！

戲院門口美食天堂

　　2023年政府宣佈展開「香港夜繽紛」活動，活動之一「海濱藝遊坊」於9月27日至10月2日喺灣仔海濱晚上舉行。場內將呈現多種傳統香港街頭美食，如中式糕點、滷水、粢飯；小食如煨魷魚和雞蛋仔、串燒、手工啤酒等，配合多張懷舊大排檔圓枱及膠櫈，重塑舊式大排檔情懷。活動亦設工作坊讓市民及旅客體驗香港百年歷史及各種生活文化，如民間的占卜風水命理、麻雀雕刻、麵粉公仔、織蒸籠等；另有畫作展出和慈善表演。

　　夜繽紛嘅焦點大家一面倒去晒六、七年代嘅大笪地，呢個構想我都係有所保留。反而有個位可以諗吓喎，既然戲院半價吸引市民去睇午夜場，我建議倒模番幾十年前喺嗰啲大戲院門口嘅盛況畀啲遊客，同埋30、40歲樓下嘅新生代見識吓。喺我成長嘅七十年代，戲院全部係地舖得一個大銀幕，好似利舞臺、普慶、麗宮甚至太平戲院，呢幾間係出名大嘅。咁啱得咁蹺，我喺石塘咀出世，太平戲院係當年少數可以坐成千人嘅戲院，佢1904年開業，1932年重建，1981年結業，我少女時代喺嗰度睇咗唔知幾多午夜場呀。同樣地可以坐成

千人嘅利舞臺，就係我出嚟做嘢之後經常幫襯，佢 1991 年先重建成為今日嘅商場！雖然冇親眼見證呢兩間大戲院嘅繁華盛世，見到嘅只係佢哋嘅風燭殘年，但作為睇電影嘅啟蒙戲院，畀我見識到大戲院先有嘅墟冚，都算不枉此生！

大戲院都有一個特色，就係門口有好幾檔流動小販喺開場前擺賣，嗰陣時香港夜晚啲街道冇今時今日咁光，所以啲小販會有枝用火水做燃料嘅大光燈，令到戲院門口燈火通明分外有氣氛。啲小販好有默契咁分開擺檔方便人流，有俗稱鹹濕嘢嘅涼果、雪糕雪條汽水、炒栗子、煨番薯、新鮮竹蔗同埋煨魷魚。不過最矚目一定係賣鹹濕嘢嘅木頭車，因為鹹濕嘢嘅種類好多，閒閒哋有二、三十種，所以架車間成一格格有玻璃趟門，畀顧客睇真啲，零用錢夠嘅就指幾格，唔夠就只買嘉應子。

但我心入面最恨食嘅係煨魷魚，老遠都已經聞到一種炭燒香味，的而且確魷魚係用炭爐燒嘅，將魷魚乾放喺兩個長方形金屬網中間夾實就放上小型炭爐度燒，燒嘅過程會發出劈哩啪喇嘅聲音，睇住隻魷魚乾由硬淨挺身燒到微微彎曲軟熟咗，再搽啲豉油上去燒多十秒就可以拎番出嚟剪成一條條入袋走人，企喺度等聞住撲鼻嘅香味都係購買過程嘅享受。

仲有另一種食法，將隻魷魚用個機器一味起勢攪，一下子就將隻魷魚嘅纖維拉長變咗風琴咁，然後都係燒香佢，鍾意食辣嘅可以加辣㗎，就喺掃豉油嘅時候掃多一層辣椒油。由於魷魚乾比較襟咀，可以慢慢食，計番其實抵食，只不過門檻較高，唔係成日食得到。我想像緊喺中環 IFC 同金鐘 PP 有啲咁嘅場面，睇完戲食完煨魷魚再用口氣去「呵」人，係幾咁地道嘅香港人先識，玩過嘅就明，唔明就黎明喇！

香港美味

迷你戲院小食部

　　1966 年開業、經營逾半世紀的總統戲院，在 Facebook 專頁公告戲院將於 2024 年 4 月 30 日光榮結業，感謝觀眾的支持。有工作超過二十年的員工表示心酸，認為戲院的生意不敵互聯網的發展已逐漸式微；又指與其他員工的關係很好，相信離職後會十分不捨。有市民認為總統戲院的門票較同區戲院便宜，對於戲院結業感到可惜。有記者到銅鑼灣現場觀察，看到有零星的市民到場購票；現場暫時未有張貼告示將會結業的安排，大部分受訪者均不知戲院即將關門大吉。

　　講真我呢世人唯一蒲過嘅地方就係戲院，升中之後愛上睇戲，難得有個小學同學一樣鍾意，大家都係街坊，唔記得點解雙方家長都容許我哋兩個逢星期六去睇午夜場，我第一間蒲嘅戲院就係石塘咀太平戲院，有成千個座位咁大，原本係畀大老倌做大戲嘅場所，後來粵劇式微變咗電影當道，我就喺嗰度由星期日早場嘅二輪電影，星期六午夜場優先睇下一輪上映嘅新戲，同平日專放十九輪英語長片嘅公餘場，總之覺得吸引就乜都睇一餐。

　　嗰陣時嘅舊式大戲院只有一個銀幕，所以放映時間一定係搭半，由 10 點半早場開始到 11 點半午夜場為止，鍾意睇戲嘅另一個原因係戲院門口有好多唔同嘅嘢食買，最經典嘅一定係煨魷魚同埋專賣鹹濕嘢嘅格仔木頭車，都真係有問過自己係咪一定要食住嘢睇戲嘅呢？其實冇都得，只係有就更高興啫。唔食嘢齋飲都 ok 㗎，唔知大家試過未呢？就係拎住枝汽水入場囉，完場仲要拎番個吉樽返屋企。鬼咩，嗰陣時啲汽水要按樽㗎，第二日先拎番個樽去士多攞番兩毫子按樽錢。

　　由於中學要跨區去到炮台山返學，我開始蒲銅鑼灣嘅戲院，學生妹時期流連得最多嘅一定係紐約戲院，喺嗰度睇《週末狂熱》、《油脂》、《大白鯊》甚至係活地亞倫嘅戲，連《齊瓦哥醫生》都係喺呢度睇。以前啲戲一般映期只有兩個禮拜，由於未有錄影帶未有 DVD 以及唔知佢幾時會放第二輪，要睇嘅就要趁住嗰兩個禮拜搏命入場，人生入場睇得次數最多嘅一定係《油脂》，睇咗六次咁多。因為紐約並唔係大戲院，冇太平戲院咁多嘢食，有時買包香口膠又或者一包糖就入場。

　　出嚟做嘢就轉會去利舞臺同碧麗宮，利舞臺還好，門口仲有小販擺賣，碧麗宮就係另一個層次，食熱狗、爆谷嘅地

方，呢個時候每個月有糧出，買飛睇戲更加係得心應手。嚴格嚟講，我唔算係總統戲院嘅捧場客，我去灣仔北嘅新華都多過佢，偶然去睇午夜場，門口嘅小食就精彩囉，連炸大腸都有，可惜改做迷你戲之院後，已經再冇幫襯囉！喺我心目中佢嘅年代一早完結咗！反正今日都變晒迷你戲院，揀邊間睇戲嘅準則變咗做邊間嘅小食部好食就去邊間囉！

露營方便餐

2023 年韓國舉行每四年一次的世界童軍大露營受熱浪、淹水、蚊患侵襲影響，令英國、美國及新加坡的童軍隊先後宣佈退出活動及離開營地。本屆有超過四萬人參與，原訂由 8 月 1 至 12 日舉行，但至少六百人因暑熱不適，有人被蚊叮蟲咬，成對腳變成紅豆冰模樣，更有人確診要隔離五天，最後在第七日腰斬。今次規模最大共有四千五百名英國童軍隊伍拉隊離場，轉為入住首爾的酒店，英國童軍總會表示估計花費超過一百萬英鎊。英國童軍總會主席 Matt Hyde 批評，大露營有四大缺陷，包括缺乏遮蔭、食物不足、衛生條件差及醫療服務不足。他指出露營區成千上萬人使用廁所，卻未有按預期清理，形容情況惡劣。

我冇做過女童軍，但係都叫做去過吓露營，梗係冇幾萬人，都有六、七個人，分幾個營幕㗎。睇番轉頭當年去嘅露營全部都係缺乏遮蔭、食物不足、衛生條件差同埋醫療服務不足。最記得媽媽掛喺口邊嗰句：屋企高床軟枕點都唔瞓，係都要瞓喺山頭野嶺，都唔知你諗乜！當年真係唔知自己諗乜，所以唔識得點樣回答，但今日可以，露營有一種探險心

理，去一處唔熟悉嘅地方同大自然靠近，喺明知資源有限嘅客觀條件入面分工合作去野外求生，最後安全返到屋企就係贏，都唔知幾好玩。

去露營第一重要係搵水源，因為帶夠飲嘅水，咁沖涼洗頭呢都好緊要㗎嘛！然後搵到一片平坦冇乜凹凸嘅草地就最理想，紮好個營就要起定個火煲水攤涼飲用，之後就燒嘢食。其實去兩日一夜要帶嘅食物真係唔少，好多時都係買燒烤樂園一包包現成嘅，記憶中每包好似有牛扒豬扒雞翼同腸仔兩條，永遠都雪到成嚿冰咁硬，放喺背囊孭到入去大嶼山，乜鬼都解凍晒。有時打開包裝甚至覺得酸餿咗㗎呀，不過都照食可也，覺得煮熟就 ok，食唔死嘅，最多咪肚屙之嘛。年輕最大嘅好處就係未識要求吃得苦頭彈性好大，可能係自己揀冇人逼，仲悠然自得㗎呀！

去多兩次之後就發現，最重要嘅食物其實唔係個燒烤包，而係包藍白格仔包裝成條嘅麵包，同埋配搭佢嘅罐頭茄汁沙甸魚，又或者辣味橄欖油浸沙甸魚，因為佢哋基本上唔會喺兩日一夜就變壞，而且唔使擔心煮唔熟，穩妥安全，而且味道保持得好穩定；最最最緊要係唔使透火，即使落雨都冇有怕，一定有嘢晾肚。只不過以前罐頭包裝冇今日咁方便全部

易拉罐，帶漏把罐頭刀就大鑊㗎喇！去露營遇上不測嘅天氣狀況司空見慣，畀機會我哋學習應變危機處理都係好嘅，狼狽唔係問題，收拾到殘局先係重點。招呼全球四萬人飛去露營確係大生意，只不過應變措施同負荷能力都差過預期，韓國網民炮轟係國際級國恥。咪好囉，主辦單位、協辦機構、出席人士都可以好好反思學習，避免他日重蹈覆轍。好似我咁，中學畢業都冇再去過露營，要食沙甸魚夾麵包？都係屋企冷氣夠凍，舒服啲！

香港美味

行山農家菜

2023年10月，17歲拔萃男書院應屆DSE男學生曾憲哲失蹤七日後終被尋回，並無生命危險。正如佢媽媽所講，兒子失蹤八天兼經歷九號風球及黑色暴雨後仍然生還，係屬於「神蹟」。他奇蹟獲救，多得警方、消防、民安隊、男拔舊生、民間搜救隊等連日來鍥而不捨上山搜索，即使在颱風「小犬」襲港期間，大家亦無間斷接力搜救，結果成功拯救寶貴生命。消息指，曾憲哲報稱當日上山散心時暈倒，醒後因天黑迷路，被困期間只靠食樹葉野果及飲溪水求生，所幸最後安全獲救。

呢幾年學人去行山，由行唔郁到決心減肥挑戰唔同難度嘅山頭野嶺，漸漸成為我嘅樂趣。有人鍾意難度，好似一定要攻克香港三尖為目標，我雖然唔係咁嘅人，但係一班行山好友都帶我攻過上去釣魚翁、蚺蛇尖同埋青山腹地，呢三個地方相對辛苦一啲都易行。最恐怖嘅係行完之後我兩隻二趾嘅趾甲都瘀晒然後趾甲變形，要搞半年九個月先叫完全好番晒，搞到我呢一年唔敢再做gel甲，因為美甲師話gel甲令趾甲硬咗，我二趾又零舍長，落山又要用力抓地，啲腳趾點會唔受傷？

　　我個人比較深刻嘅反而唔係呢三個標誌性嘅地方，講出嚟驚你哋笑我冇志氣，我深印象嘅其實係有農家菜食嘅地方。幾年前第一次去到吉澳，一啲都唔難行，係文化之行多過行真山，村落仲有少少中老年嘅村民賣吓茶粿飲品，有少少收入又可以過吓日辰，對老人家嚟講係好事。另外又有間細細嘅餐廳做農家菜，我哋預先訂嘅嘢食有白灼蝦、蒸魚、白斬雞之類；但最深刻嘅係一碟蒸四寶，所謂四寶係吊桶仔乾、蝦乾、瀨尿蝦乾同白飯魚乾蒸熟加豉油熟油，第一次咁樣食，食到唔停得口咁滯，咁多嘢食都係人頭一百蚊，抵死到呢。臨走仲買齊四寶返屋企整煲仔飯，食過嘅人都讚不絕口！

　　前後去過兩次都係喺疫情期間，所以第二次仲大手入貨，點知兩年前間餐廳火燭燒光光，老闆順便退休享福，吉澳嘅魅力對我就即時減咗一半。好彩之前入咗好多貨，惟有拖慢嚟食，家陣都仲有僅餘夠食多幾餐嘅分量，不過唔夠過埋呢個冬天。其實呢類海產乾都唔係得吉澳有，我問過嗰位豪邁不輸男子嘅女漢子老闆娘，原來唔係佢自己曬係入貨㗎咋，有時行西貢碼頭一帶都見到有得賣，不過如果真係要再入貨，我會揀入去大澳。無他，嗰啲真係村民自家曬製，感覺良好得多囉！好多年前喺個碼頭度仲買咗生曬金蠔同埋大大隻蝦乾，畀錢先發現原來身上冇現金，仲要問朋友借，嗰兩樣嘢用嚟煲煲仔飯都係一絕。

古洞私房菜

　　電影《韓戲逼人》男主角、康城影帝宋康昊於撰文時來港，除了出席第 20 屆香港亞洲電影節開幕禮，又到浸會大學為「大師班」擔任嘉賓外，原來還抽空跟周星馳（星爺）見面。星爺除咗請宋康昊食海鮮，更在 IG 分享他與宋康昊的合照，出 post 寫：「如果是神級影帝宋康昊的粉絲，應該知道我們曾經隔空合作的《茅躉王》。聽說宋太甚喜歡《少林足球》，小弟乘勢邀請宋先生參演《少林女足》球證一角，宋先生反問為何不是演球員？憑他演技演女足毫無難度！我醍醐灌頂，頓時開竅。」

　　能夠叫得郁周星馳蒲頭仲要佢請食飯，之後再出 post，可以見得宋康昊嘅實力確係非一般韓國 Oppa。兩個影帝惺惺相惜，影帝請影帝食飯都係食海鮮，又見到海鮮嘅包容性幾乎係人都啱，尤其係香港嘅海鮮真係出晒名。最近帶咗班 friend，13 人包咗架 27 座小巴浩浩蕩蕩咁殺入古洞，食咗餐非常難忘嘅私房菜，單係睇菜單又睇吓你哋睇唔睇到佢有幾特別？麻婆豆腐老油條、黃金苦瓜蝦、鑊氣小炒王、潮州煎蠔餅、泰式炒花膠、炒桂花素翅、粟米炸斑塊、上湯龍蝦麵、

酸菜炒飯、乾炒牛河同甜品拔絲香蕉。八個菜兩個飯麵一個甜品，共十一樣，冇蒸呢個字，全部都係煎炒煮炸，係咪好有趣呢？

麻婆豆腐老油條，油條係自家炸，最難得嘅係老油條單獨食都好味道，相當脆口但唔係硬堀堀掺晒口嗰隻，一班辣妹朋友即時收晒聲專心食嘢。鑊氣小炒王上枱引發起一班人熱烈討論，究竟小炒王應該要有乜嘢材料？有人話蝦乾有人話菜脯，你問我，我會答係銀芽、韮菜花同腰果囉，其他嘅哈哈哈有乜落乜喇，呢晚就以細細隻鮮魷為主蝦乾為副喇，食炒魷魚係一定食細唔食大，正如現實生活界老細炒魷魚都係炒細嘅唔炒大一樣囉。細隻魷魚入口鮮甜爽脆係大隻魷魚冇嘅效果，其實兩者並唔需要比較，食味太唔一樣喇！最特別嘅係佢將菜脯切到好細粒，入口啱啱好，因為我總認為一般菜脯太霸道又略鹹，太大粒會喧賓奪主，家陣處理得啱啱好。

向來欣賞捨得拎條石斑去炸嘅廚師，莫講當年白加士街新兜記用蘇眉做所謂嘅粟米斑塊，連日本天婦羅炸嘅小魚一樣鍾情，要讚嘅係佢嘅炸漿，炸完出嚟都係薄薄一層，炸嘅火喉又要拿捏得準確，否則過火會變硬咁就掺口，嘥咗條石

斑㗎喇。最後不得不讚嘅係碟酸菜炒飯，炒到夠乾身啲飯粒粒跳起晒，啲酸菜又一啲都唔酸，所以一個二個話飽一粒不剩，冇嘥米飯，咁有衣食抵掌鑊嘅年輕女廚師 Wendy 肯畀枱我哋囉！

炸油糍

　　撰文時，2024 年農曆年宵市場攤位開始競投，維園年宵市場四個快餐攤位已完成競投，其中最靠近銅鑼灣出入口的攤位成交價最高，經十四口叫價後以 22 萬元成交，較底價高約 10 萬；最低則為 18 萬元。2024 年農曆年宵市場是繼 2019 年後再同時設乾濕貨及快餐攤位，其中 5 米乘 4 米大的快餐攤位底價 120,470 元，2019 年同樣大小的攤位底價為 200,780 元，即便宜約 40%。經九口叫價、以 19.2 萬元投得一個快餐攤位的吳先生計劃販賣香港地道小食，對銷售額保持平常心。

　　地道小食即係乜嘢呢？咖喱魚蛋？魚肉燒賣？雞蛋仔？坊間傳媒間唔時就會做吓懷舊地道小食專題，不過題目太大了，冇理由將碗仔翅、炸大腸同雞蛋仔放埋一齊，我會將佢哋分為一碗碗、一串串同一嚿嚿，就好似碗仔翅係一碗碗，炸大腸自然就係一串串，雞蛋仔咪就係一嚿嚿囉。其實每一個項目都有一張名單，今日想講吓嘅係一嚿嚿呢張，先旨聲明排名不分先後，炸油糍、冷糕、麥芽糖夾餅、糖蔥餅、砵仔糕、雞蛋仔、格仔餅、雞屎藤茶粿、糯米糍，家陣仲會見

得到食得到，得番雞蛋仔、格仔餅同砵仔糕，其餘嗰啲好似人間蒸發咗！

喺芸芸失傳嘅一嗜嗜當中，最令我懷念好想食得番嘅係炸油糍，至少廿年冇喺街撞到佢，睇個名冇概念唔肯定有冇食過嘅話，咁講炸蘿蔔絲餅又會唔會即刻醒番起呢？係咪乜嘢回憶都返晒嚟？呢味嘢好單純，將蘿蔔刨絲加埋蝦米，用大量胡椒粉調味，用一個圓形有啲深度嘅金屬兜，先沾麵漿再放蘿蔔絲餡料落去就拎去炸，炸到咁上下個油糍就會自動離開個圓兜，喺鑊滾油入面翻騰直至到金黃色，就可以撈起晾油同冷卻，否則太炳嘴都放唔到入口，放入紙袋前會撒啲五香粉先交畀客人。油炸過已經夠香口，入口又有胡椒粉同五香粉嘅味，配合蘿蔔絲嘅清甜，乜嘢醬都唔點我可以一口氣食三幾嗜㗎呀！

自從同佢失散咗，偶然都會諗起佢，後來遇到佢個疏堂親戚上海點心蘿蔔絲酥餅，頂檔做住佢嘅愛的替身。講明先，其實除咗主材料都係蘿蔔都係刨絲之外，兩者並冇關連，話晒一個係客家小食，一個係上海點心，做法又不盡相同，只不過鍾意食蘿蔔嘅應該兩味都啱食咁解啫！想當年媽媽成日叫我哋唔好食街邊炸嘢，因為小販唔會日日換新鮮油，無益

咁話。潮流興失傳食物自己做番，但係一諗到嗰鑊油都即刻縮沙，我去邊度搵鑊千年油番嚟先得㗎！

香港美味

街邊篤篤篤

撰文時人人講香港夜經濟，星光大道與 K11 MUSEA 就率先合作舉辦尖沙咀文化海濱市集，有音樂表演，有手作攤檔，當然不少得飲品小食，現場所見有各式啤酒、特飲、燒賣、德國腸等小食，不過其中一檔攤販賣魚肉或豬肉燒賣，單一口味 $20/4 粒，雙拼要 $25/4 粒，這個價錢在網上各大討論區引起熱烈討論，令小食檔檔主都忍不住要為定價親自解畫。佢話已兩年未加價，售賣的重點是自家製辣油不是燒賣，以及貴平只是主觀感受！

喺香港長大嘅細路邊個唔係食魚蛋、燒賣大嘅，舉手！舉咗手嘅可以先行退下，瞓一陣，因以下講嘅你應該唔會有共鳴。好奇怪，香港嘅街頭美食主要都係用枝竹籤拮成一串串嘅，起碼我童年回憶係先喇，估計係以前啲推車仔檔方便客人食亦方便自己走鬼。一齊嚟數吓有邊啲係掃街嘅時候可以一籤走天涯嘅：咖喱魚蛋、牛栢葉、魷魚鬚、燒賣、牛什、炸大腸、滷味、煎釀三寶統統都係，奇就奇在幾十年後，留得低甚至成為街頭美食代表嘅竟然有燒賣份，我都意外喇！真係畀我排嘅，第一美食係牛什，淨係牛胃都有四個，順序

係草肚、金錢肚、牛栢葉、牛沙瓜，再加埋腸、肺同埋膍（即係胰臟），咁多種唔同嘅質感，喺食味上冇得輸，除非你唔食牛以及唔食內臟！所以佢落選我係理解嘅。

　　第二位會係炸大腸，從前炸大腸係將成條大腸繞個圓圈喺鑊滾油度炸熟，有客人要先會拎出嚟用竹籤拮住逐嚿剪逐嚿串起，然後搽甜醬又或者芥辣，質感同味道都贏。同牛什一樣，任何內臟都需要好多工夫先至冇咗嗰浸羶味，係需要有一定工夫同耐性，調味同火喉少啲都唔得，只不過佢又係內臟囉！滷味係我最喜愛嘅第三位，佢種類多，記得嘅有滷牛脤、豬頭肉、豬耳朵、墨魚、紅腸同埋生腸，有唔同做法又要唔同時間，做起上嚟就知幾繁複喇。

　　你睇煎釀三寶都只係排到第四咋，鯪魚釀茄子、青椒同豆腐，另外有魚餅或魚球，最後淋豉油，欣賞佢全部食材都係新鮮嘅，除咗鑊油。好喇，輪到咖喱魚蛋喇，通常發水牛栢葉同發水魷魚鬚係串好晒嘅，只有魚蛋係現場逐粒拮，當係表演睇都精彩㗎！講真我鍾意食牛栢葉同魷魚鬚多啲，貪佢嘅質感，魚蛋其實麻麻哋，因為由細到大都唔鍾意食一團粉嘅嘢，所以魚肉燒賣並唔係我杯茶，理由又係一團粉囉，咁你哋終於明白點解燒賣喺我個街頭美食名單上排咁後喇！

香港美味

嗰個老闆講得啱，我都認同食燒賣其實係食豉油辣椒油，歡迎不服來辯！

覺今是而昨非之炸魚蛋

　　法國巴黎就提高 SUV 多用途汽車泊車費舉行公投,望解決空氣污染等問題,近 55% 投票者贊成 SUV 泊車費加價兩倍,居民可獲豁免,預料最快 2024 年 9 月實施。根據建議,重量超過 1.6 噸的普通車輛或兩噸以上的電動車,在市中心泊車首 2 小時,每小時收費由 6 歐元加至 18 歐元;泊車 6 小時收費更會大幅遞增至 225 歐元,在當地居住或工作、醫護、殘疾人士和的士司機等可獲豁免。市長伊達爾戈說,巴黎人明確選擇這項「對我們健康有益、對地球有益」的提案,相信會有其他城市效法,有汽車組織則不滿政府以環保為名,侵害市民選擇車種自由。

　　一架車嘅大細原來都反映咗一個時代㗎,二次大戰後出現嬰兒潮,成個世界重新定位,迷你谷巴喺 1959 年出現就係因應人口增加、百廢待興同埋對汽車嘅需求,就用簡約角度出發,雖然只有兩隻門但有四個座位,成架車的的式式符合晒麻雀雖少五臟俱全呢個講法,一直被稱為嗰個年代最重要嘅一架車。六十幾年過去,呢個設計都再推出復刻版,甚至有電動版,但已經不復當年的簡單就是美。大概十年前喺法

國自駕遊，租咗架 SUV 仲要係當時最新型號，本來好高興，點知架車碩大無朋，進入一啲舊建築物嘅停車場先至知死，點泊呢？停車場設計嘅年代同架車相差咗幾十年，但係個停車位係以細車嚟做藍本，而我當時揸住嘅算係一架哥斯拉，泊好之後幾乎落唔到車咁滯，只好嘆一句時代錯配呀！

其實食物一樣，細個嗰陣去掃街，凡係有大細分別嘅，譬如食炸大腸，當個流動小販拮咗條竹籤落嗰條炸到外皮望落脆一脆嘅豬大腸度，我個心就開始祈禱，希望佢落刀大方啲，每嚿都切得大嚿啲。食牛雜亦一樣，落剪果斷地剪最大嗰嚿界我就好喇，可惜最後往往都只係得到期望嘅一半。以前嘅咖喱魚蛋同魚肉燒賣嘅大細都同今日唔同，就好似燒賣嘅體積，今時今日嘅比昔日嘅大咗一半，當年嘅魚蛋係陳皮魚蛋，因為冇落膨脹劑，所以點煮都唔會發大，每粒都實啲啲㗎！

我小學時期係讀上午班，放學嘅時候喺石塘咀山道接近保德街嘅空地，有一個潮州佬獨沽一味賣炸魚蛋，喺嗰鑊黑黜黜嘅滾油炸出嚟嘅魚蛋，粒粒都好似乒乓波咁大，你知道啦嗰啲陳皮魚蛋粒粒好似波子咁大粒㗎咋。如果有人買佢就會用個網狀嘅喱撈起，然後直接用竹籤直拮落去，粒魚蛋界

佢一拮就即刻漏氣縮細番扁晒，好似壓扁咗嘅煎堆咁。由於炸咗好耐外皮係略硬但香脆，入面就軟熟嘅，只係點豉油連細路仔恩物甜醬都欠奉，但我就百吃不厭，總係覺得抵食過咖喱魚蛋。睇番轉頭終於明白媽媽點解成日叫我哋唔好幫襯，除咗熱氣之外，會發大係用咗化學品膨脹劑，再加埋嗰鑊油都夠得人驚喇，所以我家陣回歸基本步食番陳皮魚蛋，安心好多！

格仔餅

「莎莉蛋糕」母企、在澳洲經營 52 年的冷凍甜品公司 Sara Lee，早前宣佈進入破產管理階段，正尋找買家出售業務。外媒報導三名人士已被任命為 Sara Lee 的自願管理人，冀透過出售或重組業務來維持企業營運。其中一位自願管理人相信，不少公司都會對收購 Sara Lee 有極大興趣。他指出，正與 Sara Lee 的管理團隊和員工合作並繼續運營，以確保業務的未來。

聽到呢個消息，竟然彈咗一啲封咗塵嘅陳年記憶出嚟，第一樣係首廣告歌，只係得頭一句，就係：「莎莉，多謝你！」想唱都唱唔到落去。至於味道，我只可以話畀大家知並冇愛上佢，當年新屎坑屋企都有買過放喺雪櫃，終歸我哋只係廣東人唔係西人，我哋嘅飯後甜品係糖水而唔係蛋糕。記憶中多數係下午茶時間食嘅，切一片四啖食完，係咪特別香？雪凍咗乜香味都隱咗形，嗰陣時一般人屋企最多只有多士爐，冇得翻熱，食味上確係差好多，如果有焗爐、多士焗爐、氣炸鍋應該會好啲，可以加熱佢點都好食啲。

　　有朋友喺群組分享佢哋燒嘢食會買一盒拎去燒，一聽就知道大家屬於唔同年代，我嘅年代 BBQ 嘅甜品只係燒棉花糖㗎咋！而我相信呢個蛋糕燒完一定吸引力大增囉，終歸食蛋糕冇香味係第一大忌。所以想當年食得幾食，我寧願媽媽畀錢買雞蛋仔好過，雞蛋仔嘅特點就係一定畀佢嘅香味吸引咗先，幾乎都係新鮮做起，因為剛出爐係會太熱焫嘴，所以一定會放喺個架度等佢嘅溫度降番，暖暖哋先入袋，否則會有倒汗水，香脆嘅外皮會焗番腍冇咁好食㗎！

　　幾十年就咁過咗去，雞蛋仔喺香港街邊小食界別有特別地位，幾乎係甜界代表咁滯。其實仲有一樣近年好似失咗蹤，都係因為香味搞到我去排隊買嘅，就係格仔餅，即係西人嘅窩夫。論食味我哋嘅土炮格仔餅一般都有兩個爐同時焗緊，好有節拍咁當一個焗好，拎出嚟攤涼，即加蛋漿，放番上個火度燒，就拎個成品搽牛油、花生醬同埋煉奶，對摺成為兩件，拎到上手都仲係熱焫焫，就因為咁啲倒汗水焗腍咗塊格仔餅，但係奇就奇在又唔係太影響佢嘅食味。當然係嗰個時候我仲未食過西人嘅正宗窩夫，正所謂冇比較冇傷害，呢個腍咗嘅格仔餅陪住我成長，偶然都仲諗起佢㗎，只不過街邊影都唔見囉！惟有食番件正宗嘅，好彩我鍾意楓葉糖漿多過煉奶！

港式幽默飯

2023 年飲食界繼 7 月 1 日後，再次推出「七一折優惠」，舉辦日期就係喺第二期消費券發出當日。今次有接近 1600 間食肆就指定食品或飲品提供七一折優惠，當中較為熱門嘅，包括太興全線分店全日堂食 71 折、東海堂指定銅鑼燒系列 71 折優惠、大家樂冬瓜盅二人小菜套餐 71 折、大快活午市粟米肉粒飯 71 折、美心 MX 枝竹火腩飯系列及去骨海南雞系列 71 折等等。

就咁望埋去，第一個印象七全部都係快餐店、茶餐廳之類，再仔細睇過所有參與餐廳嘅優惠名單同條款細則，好多都係指定食品或套餐有優惠，又或者個別分店參與，所以出發前要睇真啲，免得到時有拗撬就唔好喇，都係旨在開心之嘛。最搞笑嘅係無端端粟米肉粒飯、枝竹火腩飯、海南雞飯變成咗今次嘅主打咁。點解唔同嘅飲食集團都會揀咗「男人的浪漫」做主題曲嘅呢？有趣！

喺我嘅中學階段以及出社會做事嘅嗰段時間，前後加埋大概十五年，係我人生中食碟頭飯最多嘅日子。學生哥同初

出茅廬嘅打工仔有一個共通點就係窮，零用同人工永遠唔夠使嘅時期，飯總係要食，唯一可以做嘅就係揀平靚正抵食夾大件，然後發現有幾味係相當受歡迎嘅。粟米肉粒已經進化，成為 show me your love，睇得出香港人有幾愛佢，枝竹火腩飯更加被譽為男人的浪漫，海南雞飯向來老幼咸宜，其實名單可以長多少少，喺我個角度，如果有埋咖喱牛腩飯、梅菜扣肉飯、麻婆豆腐飯、芙蓉煎蛋飯、沙嗲牛肉飯、鴨腿湯飯、冬瓜粒湯飯，咁就湊齊一套我最喜愛叱咤十強喇！

碟頭飯顧名思義係一碟連餸飯，功能最重要係飽肚，好唔好食係其次，然後性價比越高越受歡近囉，所以啖啖肉都好緊要嘅，勞動階層要長時間體力勞動，唔夠飽應付唔到成日咁長；而且碟頭飯唔重視蔬菜嘅，嗰碟肉粒飯加粟米係為咗增加口感，冬瓜粒湯飯個概念係消暑，唔好搞錯。年輕嘅時候食極唔飽，完全係一個男人嘅食量，唯一仲有少少女性化嘅時候，係食麻婆豆腐飯同煎芙蓉蛋飯囉，好多男人嫌豆腐雞蛋呢類唔夠晾肚喎，其實夏天只要見到湯飯我幾乎必點，你知啦天時暑熱濕濕哋冇咁滯口，而且阿媽話食湯飯出一身汗可以消暑，係呀，以前香港同家陣嘅夏天一樣，咁熱暑人㗎！

野餐

　　政府 2023 年 9 月收回粉嶺高球場的 32 公頃土地，香港哥爾夫球會由 7 月 23 號起，每逢週日下午向公眾開放粉嶺高爾夫球場的 1 至 3 號洞。會長郭永亮表示，並非突然開放球場，稱過往週末亦有開設公眾導賞團。他仲話會研究能否開放更多地方，即使將來被收地後，亦樂意與政府商討開放具生態價值的部分，和配合政府保育土地。好多市民踴躍入場觀賞，現場所見有人除晒鞋瞓草地，亦有一家幾口席地野餐。居住在元朗的周氏一家四口首次到訪球場，周太說主要來大草地散步，認為場地保養得很好，亦很舒服。同行的大女也表示球場很有樂趣，希望下次帶同愛犬前來。

　　野餐係我分外鍾意嘅一樣戶外活動，去野餐首先要具備幾個條件，搵一塊草地，約三五知己，最好其中有人係養狗仲會帶埋佢出席，然後分工邊個負責買乜嘢帶乜嘢，再祈求天公造美咁就初步成功！真正嘅細節係帶乜嘢去野餐，講食嘢先吖，戶外活動一定要考慮溫度，即係話除非你帶埋個冰箱去，否則雪糕雪條免問。一般都會有啲芝士同 cold cut、麵包餅乾之類，芝士太軟又驚佢會熱到融，你知喇閒閒哋玩

幾粒鐘喋嘛，又唔能夠只揀半硬同硬芝士，我心愛嘅 blue cheese 點算？咁就要好好咁預算分量喇，軟芝士分量少啲，半硬同硬芝士可以多少少，即使食唔晒都仲可以拎走吖嘛！

　　生果係多多都唔怕帶，只不過又係要顧及係咪方便食。例如西瓜就要事先切好細細嚿，放入食物盒雪凍，去到目的地打開就可以又嚟食，咁就最理想喇；所以一粒粒嘅包括提子、車厘子同士多啤梨都係好選擇，當然全部都要事前浸乾淨唔可以即買即食。飲品就最複雜，因為我班朋友飲嘅係紅酒白酒，用紙杯飲咩，冇味冇道，用玻璃杯又唔易帶好易打爛，呢個問題一直都解決唔到有啲棘。兩個月前喺倫敦行街 shopping 唔覺意買咗兩樣嘢，第一樣係野餐用酒杯，個設計已經抵讚，一個膠酒樽入面裝住五隻分開兩截嘅膠酒杯，拎出嚟一下就安裝好，一隻隻酒杯就成形，咁方便攜帶同儲存，二話不說，買。另一樣就係鋪喺草地上嘅軟墊，仲要係兩面唔同色，靚，又買。唔好睇少呢啲道具，只要真係去過野餐就會明白我嘅喜悅。最衰家陣日日卅十幾度仲未可以幫佢哋剪綵，點去呀，熱暑人咩！

消夜

　　內地著名作家余華出席 2023 年香港書展「名作家講座系列」，以「文學自由談」為題主講座談會，該講座網上預約早於一週前宣佈額滿，約一萬人報名，場內約三千個座位早在講座開始前至少十五分鐘爆滿，貿發局臨時將原本一個半小時嘅講座分成兩場，讓更多人參與。事後有本地作家轉述余華一宗趣事，話說作家係夜貓子，習慣很夜才睡，所以留港第一個晚上就出外搵消夜食，沒料到完全找不到餐廳仍在營業，連下榻酒店附近的 24 小時營業的便利店都關了，最後只好返回酒店房食自己帶來的杯麵。

　　講到消夜，真係要講只有老嘢先會咁講嘅呢一句，今世有幸經歷過香港最黃金嘅年代，亦都係消夜最蓬勃興盛嘅時期，就係回不去嘅八十年代。嗰陣時初出茅廬，香港當時各行各業都興盛繁華百花齊放，娛樂圈就更加蓬勃，嗰種紙醉金迷、花花世界就咁講係冇用㗎，要親身經歷先會明白。撞啱電影電視唱片演唱會全部都興旺，唔係講笑，只要我肯，一日四餐都唔使花一毫子。首先電影記者會一日好幾場，單係彌敦酒店就至少兩場，食晏同下午茶。另外兩間電視台兩

間電台都同樣有記招，我有時會揀邊間好食就去邊度，仲有電影宣傳睇試片，又係有飯食，呢餐多數係晚飯，然後係電影煞科宴同埋慶功宴、演唱會慶功宴，都未計電影同 MV 探班，宣傳大員唔好意思要記者夜麻麻仲要開工，總會食埋消夜先畀走！

嗰陣時乜都收得乜都賺大錢，所有嘢都有無限 budget 咁，記得食過新藝城一餐慶功宴有蟹黃天九翅，但係都唔夠同啲大歌星大明星食消夜嘅排場比，估唔估到會去食乜嘢？八十年代啱啱流行食日本嘢，仲要唔係食壽司，係食刺身呀！嗰陣時晚晚唔係水車屋就係友和，今日講番出嚟都有少少酒池肉林 feel，因為唔使自己埋單自然唔識得客氣，拖羅、海膽、象拔蚌係指定動作，食完一 round 又一 round，清酒一壺接一壺，最後梗係鮫魚湯烏冬，有時加塊牛肉喺呀，鎮番吓個胃先至歸去。唔係講笑，食日本嘢一個禮拜至少三晚！

比起日本嘢，更加銷金窩嘅就係去銅鑼灣避風塘落艇食炒蟹、油鹽水蜆、燒鴨河粉呢類蜑家佬嘢，因為逐樣收費，先租一隻艇當做 VIP 房，出到去，會有炒嘢嘅艇，賣水果、飲品嘅艇，同埋唱歌嘅艇，總之呢單嘢係好食，有風味，又浪漫，但係好貴，唔係啲大明星請客，我都冇機會見識。去

過一次就心思思想去第二次，可惜後來政府取締咗佢哋，呢啲艇家最後上岸開檔，仲有兩間係正宗嘅，不過都係第二代。以前佢哋開通宵咁滯，家陣寫就寫收兩點，但可能會早啲收，負責人大家姐話家陣冇人嚟食消夜開咁夜都係冇用㗎！可惜余華嚟遲咗四十年！否則香港消夜都仲有佢撐，家陣消夜變晚飯，香港呢個不夜城都早休息，想唔認老嘢都唔得！

蘭桂坊夜經濟

新冠疫情後社會逐漸復常，香港持牌酒吧會所聯會創會會長梁立仁指出，疫後業界雖曾迎接「小陽春」，但 2023 年 3 月起生意漸轉差，生意額甚至比疫情期間跌兩成，情況更由 6 月起進一步轉差。他稱，通關後很多港人趁週末到內地或海外旅遊，而內地有酒吧街等，氣氛較香港好，港人的「報復式外遊」情況仍在持續。又認為當局打壓「夜經濟」及飲酒文化，影響消費者觀感，酒吧等娛樂場被歸咎與新冠疫情有關，當局又標籤飲酒會致癌。業界現時由要求幫助變「自救」，例如提早營業、變為餐廳酒吧等，但仍需要政府協助推動夜生活文化，例如宣傳本港時亦要提及晚間的美食體驗。

上一篇先講完香港已經唔再容易食到消夜，估唔到撰文呢日就見到「夜經濟」呢個新詞彙，酒吧業固然係「夜經濟」嘅中流砥柱喇！等我嚟個快格回憶，睇吓香港「夜經濟」最好嘅時期，中環蘭桂坊係由乜嘢組成咗佢嘅獨特性先。我唔係一個蒲酒吧嘅人，所以引到我去蘭桂坊一定先靠食物。喺我仲係所謂後生、嘅妹嗰段日子，去蘭桂坊係為咗做嘢，因為娛樂圈好多人鍾意去蒲，可以寫入香港夜蒲史嘅兩間夜店，

DD 同 97 都係喺蘭桂坊，咁啱有個做髮型師嘅朋友喺嗰頭做嘢，介紹咗一間喺和安里嘅明珠越南餐廳畀我，於是去所謂「蒲」之前就約人去食越南菜，間小店有個閣樓，高啲嘅人上到去都要低頭，但佢嘅生牛河同牛柳粒紅飯係我嘅至愛，可惜呀，五、六年前已經結業唔做，老闆一家話要退休享受人生喎！

九七回歸前有個朋友同人夾份開咗間上樓嘅法式私房菜，小酒館形式，佢個拍檔夏先生喺法國生活咗好多年，所以煮得一手好嘅法國菜，亦有渠道入啲平靚正嘅法國餐酒，就係咁經常相約朋友去飲紅酒食鵝肝、鴨胸。小小一個地方但充滿住嗰種中產嘅醉生夢死，往往不醉無歸，笑住瞓低！自古以來呢種夾份做生意最後一定落得反面收場，好彩夏先生繼續再戰江湖，戰場搬咗去灣仔，依然精彩！

轉吓眼十三年前一間意大利 fusion 上海嘅私房菜開咗喺蘭桂坊，仲記得當年寫定一段文字教未去過嘅朋友點樣搵到上去，因為佢嘅入口好隱蔽，一般人行過都唔會行入去嗰條暗黑嘅冷巷，而且冷巷入面仲有一間鬼五馬六嘅酒吧，夜麻麻喺冷巷望入去睇唔真係會驚一驚嘅，仲有幢舊樓要行樓梯，好多人喺樓下食煙，嗰啲人嘅身形打扮又會令人誤會佢哋喺

度吸毒，所以我會提醒佢哋勇敢啲行入去，最勇敢嘅其實係嗰幾個做廣告出身嘅合伙人，竟然喺嗰度開檔做生意。我又唔知點解都好勇敢走去試，食完十分喜歡，尤其係啲餸名，好搞笑好有噱頭，講到明係上海菜底，上海冷盤出名醉雞醉鴿醉蟹，而佢嘅醉物自然唔係傳統方式，但就係叫人驚喜，況且佢哋冇酒牌，好歡迎客人自己帶酒去又唔收開瓶費，所以不斷約唔同嘅人去，個個飲飽食醉都好滿意。鬼咩，佢哋都好似去咗一次探險歷奇咁，相當難忘。2023 年佢哋遷出蘭桂坊改去上環落腳 luu。我夠膽講目前冇一間有個性嘅餐廳，會令我行斜路上蘭桂坊，呢個先係令我嘅「夜經濟」暫停嘅真正原因，問你死未！

月圓見肚餓

　　超級月亮在 2023 年 8 月 2 日凌晨出現，不少攝影愛好者通宵拍攝，並分享照片到社交平台，粉嶺、上水、紅磡和青衣多區都見到又圓又大的月亮。市民如果錯過咗呢個機會，唔緊要，天文台話 8 月 31 號仲有機會觀賞 2023 年最大的「超級月亮」。

　　古今中外月亮都喺詩詞歌賦文學作品佔一個重要嘅地位，就算唔係文人雅士，我哋香港人每逢見月圓都會心中暗叫一聲：吖，今日農曆十五。冇法子，因為我哋有中秋節，屋企人由細到大灌輸畀我哋知道八月十五中秋月更圓，嗰個圓可以係抒情文嘅一種表現手法，亦可能係當年嗰啲詩人墨客就係見過超級月亮，先至寫入作品傳頌至今！我由細到大都鍾意月亮，覺得好有詩意，尤其係月下食消夜……

　　石塘咀山道嘅童年就已經種下食消夜嘅喜好，當年山道有條好長嘅樓梯，都有幾十級㗎，行落去就係接壤同皇后大道西之間嘅一條街仔叫晉城街，嗰度有一間綠色鐵皮檔賣魚蛋粉嘅，另外有好幾檔推車仔賣牛雜、碗仔翅、滷味、刨冰，

通通都係黃昏就收檔，唯獨是當佢哋收檔就另外有一架車推嚟開檔，賣嘅係豬什粥。以前啲人比較早食飯，所以有時大概九點，爸爸會吩咐二哥拎個啷口盅去買嚟做消夜，嗰個豬什粥粥底夠綿，豬什夠香，一個啷口盅唔係好大，所以買咗番嚟一人分到幾啖同一嚿豬什，通常豬肚、粉腸同豬膶比較多，容易分得到，嗰陣時最恨食嘅反而係豬心，係咪特別好食？梗係唔係啦，只不過係物以罕為貴啫！長大咗先至知道，其實冇豬膶同粉腸的話碗粥就冇咁甘香。由於係食夜粥，好多時望出窗口諗住睇實二哥嘅行蹤，但係天黑街燈有限，望出去黑麻麻根本乜嘢都睇唔到，唯獨是如果係月圓之夜，就會見到好大個月光，呢個月光就成為咗我食呢碗豬什粥嘅背景，係咪好浪漫呢？

過多幾年，山道連接皇后大道西每逢夜晚就有兩兄弟夾手夾腳開檔賣雲吞麵、燒鵝瀨粉，佢哋揀喺單數嗰邊銀行嘅門口，估計係貪嗰度夜晚仲有燈著住，等佢哋可以慳番啲電費，奇就奇在自此我哋嘅消夜就由食粥轉咗做食麵喇，係豬什粥咁啱已經冇做，所以兩檔消夜可以順利交接？抑或我哋呢家人貪新忘舊移情別戀，都唔重要，重要嘅係我夠大個唔使屋企人出去買返屋企食，可以一齊出去食消夜，坐喺街邊食消夜嗰種風味確係唔同嘅，呢個時候月亮就會默默陪住我

哋，無論係月半彎抑或月正圓，係清清楚楚掛正喺大堂正中，抑或匿喺雲姐姐後面，佢都從無缺席過任何一餐消夜。嗰陣時經常可以舉頭望明月，尚未明白低頭思故鄉嘅愁緒，所以碗雲吞麵分外滋味囉！

消夜話滄桑

　　維港元旦日煙花匯演吸引大批內地旅客來港觀賞，煙花匯演後，凌晨至少逾千內地客湧到太子的通宵跨境巴士站欲搭車到皇崗，但巴士服務有限，大部分人無法購票，有人就抱怨即使持票也無法擠上車。現場有旅客鼓譟，大批旅客在車站外圍的公園、行人路上通宵等車，警員到場維持秩序。保安局長鄧炳強表示，會跨部門檢討改善措施，亦會與內地有關部門商討，檢視會否延長更多口岸的通關時間。

　　呢個時候真係令人懷念香港曾經係消夜天堂嘅歲月，做娛樂記者出身，當年娛樂圈乜都暢旺，經常去探班，除咗電影，嗰時歌手拍 MV 啱啱新興，若果要探的話，一年三百六十五日都有，唔同今日，就好似尋晚睇叱咤有一段係數華納唱片嘅男歌手一年出咗幾多隻歌？冇錯真係逐隻計，MC 張天賦最犀利，一共出咗六隻半，天呀！張學友八六年一口氣出咗三隻大碟，平均一隻碟十隻歌起跳，即係話佢至少出咗三十首歌。就係因為咁好多時收工都已經係十一、二點，個肚餓到咕咕聲，好自然就去食消夜，會食乜？如果同個歌手相熟佢又收工嘅話，好可能就係食日本料理，咁啱嗰陣時

流行食魚生。歌星仲未收得工的話佢會派唱片公司宣傳招呼我哋，通常都唔會差嘅，因為出公數吖嘛，都係去消夜名店，好似喺銅鑼灣同尖沙咀都有嘅高級台式料理，五更長旺、炸花枝丸、擔擔麵咁囉！

其實我最喜愛嘅消夜要數榜嘅話仲有，貴嘅就係避風塘被取締之後，啲艇家上岸開嘅專食避風塘料理，所謂被避風塘炒蟹、白灼魷魚豬肚豬腒粉腸韭菜海蜇統稱嘅六小福、油鹽水蜆、燒鴨河粉，每次食都舔舔腒。不過呢啲係高消費，月頭先捨得食嘅。中價啲嘅有潮洲打冷，呢家嘢區區都有，我去嘅都離唔開尖沙咀銅鑼灣呢類地區，單係啲冷盤就已經目不暇給，不過食到尾一定會叫一窩蠔仔粥同一碟沙嗲牛炒河兜亂，淨係食冷盤會破產㗎！大眾化嘅有打邊爐，呢啲唔使多介紹喇，另外就係茶餐廳，旺角嗰啲由於有通宵小巴，所以都好爛做，未必廿四都起碼三、四點，真係唔憂冇嘢食。通宵小巴同消夜係掛勾嘅，嗰陣時嘅香港基本上係廿四小時不斷運作，家陣都唔係所有便利店開 24，要食消夜，反而仲有老麥開 24，你話係咪世界變？好可惜內地旅客睇唔到曾經廿四小時運作嘅香港，連我自己再睇唔番都覺得可惜！

潮州好食

　　有網民在社交平台上分享，日前進駐沙田的內地潮汕菜品牌，為分店訂下四大「服務承諾」，包括「不落味精及雞精」、「不合口味，可退可換」、「30 分鐘上齊菜，超時菜品五折」以及「服務不滿意，不收服務費」。餐廳喺餐牌上標示這四項服務承諾，確實與香港餐廳一貫提供的服務截然不同。這個帖文引起熱烈討論，有人直言此舉是要給香港飲食業一個「下馬威」。

　　呢四個服務承諾的確驚人，但我更關注嘅係既然係內地品牌，佢哋嘅出品會唔會直接由潮汕地區直送呢？講起嚟真係蹺，上個週末朋友送咗啲食物畀我，佢話係屋企人當日喺潮州拎落嚟，好好食㗎。朋友係潮州人但我都仲係半信半疑，人人都話自己鄉下嘢好食，但我未食過吖嘛，即刻約我啲屋企人嚟個潮州之夜，將朋友送嘅三樣嘢，蝦棗、魚片頭同埋普寧豆腐拎去哥哥屋企等佢發辦，我就負責買滷水鵝，哥哥就煲個湯同整碟菜，星期日晚餐簡簡單單。

　　我去咗西營盤買咗半份滷水鵝下庄，見有鵝紅，即買，

鵝肝鵝腎都要,豆腐不可少,再嚟掌翼齊飛,最後瞄到有幾隻滷水豬耳朵,都要番隻先,就係咁一盒鵝肉一盒鵝什,搞掂。哥哥將潮州三寶拎晒去炸,蝦棗係粉紅色嘅,炸完出嚟即使係帶金黃色都隱約見到原本嘅顏色,搞笑嘅係香港啲蝦棗外形係圓圓滿滿一粒粒,同個乒乓波差唔多大細,但呢個蝦棗反而係條狀,似我短短肥肥嘅二指,但一咬入口,天呀!又會咁軟熟爽口嘅,全蝦冇其他,好食到叫。魚片頭就似一粒扁咗嘅有葱魚蛋,同樣地炸完出嚟又係想問一句,點解香港買唔到呢啲喫,普寧豆腐都一樣好,三樣嘢一上枱,一分鐘內掃清,確係精彩。

至於嗰盒鵝什,其實係向我死鬼爸爸致敬嘅,佢生前食滷水鵝唔會食肉,佢鍾意吮骨所以只食掌翼,又喜歡內臟,所以慢慢都影響咗我嘅口味。呢檔嘅腎相當出色,但個肝就實得滯唔掂,豆腐同豬耳朵都幾好,鵝紅就相當受歡迎,因為太耐冇食過喇,連我家族最年輕嘅成員,21歲嘅侄女都食得好滋味。食到逐隻腳趾斬開嘅鵝掌嗰一刻,彷彿接通咗喺世界嘅另一邊嘅爸爸,同佢講多謝又講埋 sorry,因為我繼承咗佢飲食上一半嘅口味,最衰繼承唔到另一半飲啤酒嗰部分,否則食起潮州嘢上嚟講埋嗰句飲勝,咪徹頭徹尾成個麻甩佬囉,幾型呀!

廣東雲吞

　　台灣組合五堅情成員黃偉晉，於 2023 年尾首度在港舉行售票個唱，同時亦是他的巡唱的首站。因為上次在音樂節中唱粵語歌，香港歌迷非常喜歡，所以他誇下海口答應屆時一定會有粵語歌曲送給大家。黃偉晉除了期待跟粉絲再次聚首一堂，也不忘要品嚐地道美食，他認為香港隨便一家的燒臘都好好吃，另外隨便走進一家雲吞麵店，有賣煎餃的，這些也都好好吃，吃完以後會覺得在台灣吃不到好煩，就是這種好吃程度，香港有太多美食都非常難忘。

　　喺撰文之前我唔知道五堅情嘅存在，亦唔識黃偉晉，但會由今日起記住佢個名留意佢嘅動態，因為佢識嘢！好多遊客嚟完香港都會話愛上香港嘅美食，但講嚟講去都係燒臘、點心、港式奶茶同蛋撻，搞到香港好似冇乜好嘢食咁，心裡面納罕點解冇人識得食其他好嘢？終於第一次見到有人點名激讚雲吞麵，我當堂拍爛手掌，而我一直認為雲吞麵先至係香港麵食代表中嘅代表，甚至係南方麵食代表添呀！

　　成個中國都食雲吞同水餃，但係南北有別，北方餃子，

餡料同餃子皮都唔一樣，相比南方佢哋嘅皮厚得多，以菜肉為主，而且唔放湯，就咁點豉油、香醋同麻油混合而成嘅餃子汁嚟食，風格就係北方式粗獷。上海菜肉雲吞雖然都係以菜同肉為主，同樣地用白麵皮但佢嘅皮相對又薄啲，而且放湯嘅，不過湯其實係滾水加豉油麻油葱花嘅啫；比起北方水餃確係幼細咗，但喺廣東雲吞面前都仲係差少少。廣東人嘅雲吞同水餃皮都係黃色皆因加咗蛋，其次廣東雲吞包嘅係鮮蝦，而且個湯係由蝦殼、豬骨、金華火腿同冇得唔落嘅大地魚煮成，由此睇得出，廣東雲吞係精緻嘅代表。

雲吞固之然好，但近十年點水餃嘅次數遠超過雲吞，好多人覺得廣東水餃雲吞好似既生瑜何生亮，或者咁去理解會好啲，如果雲吞已經係精緻嘅化身的話，水餃就係精中之精。廣東水餃同雲吞都係用黃色蛋皮，包嘅亦係鮮蝦，唯一嘅分別唔止係外形，雲吞圓而水餃長，而係水餃多放咗冬筍同木耳，令佢嘅口感多咗層次。雲吞可以一啖一隻，但水餃喇喝，除咗大口青，否則分兩啖先食得晒、食得真，冬筍同木耳嘅爽口真係達到一種錦上添花嘅效果，每次食都會用一種近乎膜拜嘅態度，放慢少少去嗒真啲，係想用行動同水餃講一聲，人哋唔欣賞唔緊要，至少還有我！

論盡江浙菜

杭州亞運於 2023 年 9 月 23 日開幕，各地運動員早前都加緊備戰，當局於開幕前公佈了今屆亞運村的設計餐單，融合浙江特色。

運動員比賽要表現得好，除了訓練，膳食都很重要，菜單包括有不少杭州名菜，例如宋嫂魚羹、東坡肉等，還有葱香肋排和京葱爆牛肉等不同風味菜式供運動員選擇，並已提交給亞奧理事會審理。杭州亞運組委後勤保障部餐飲處處長翁曉說：「從食品安全管控、食源性興奮劑防控、餐飲的文化、食品的營養和結構，以及我們的特色餐飲等方面進行評審，產生了這一版菜單。」

參加今屆亞運的運動員有口福了，話晒江浙菜係中國八大菜系之一，由杭幫菜、寧波菜、紹興菜同溫州菜組成。喺香港方分得咁細，江浙菜同埋上海菜會經常混為一談撈埋一堆。杭州菜出名嘅菜式仲有龍井蝦仁、油爆蝦同蜜汁火肪等等，呢啲菜當年我初出社會做事，喺銅鑼灣啟超道老正興上海飯店經常食到嘅，帶我去嘅都係上海人，所以我並唔知道

原來呢啲係杭州菜，真係有眼不識泰山。就好似被封為杭州第一名菜嘅東坡肉咁，係人都知道係由蘇東坡發明嘅，但係蘇東坡係四川人，因為做官嘅關係周圍去，咁佢又真係被派過去杭州做官喎，只不過一個四川人傳世嘅除咗文字之外，竟然係一味帶有酒香入口鬆軟味道甜甜連皮連肉嘅豬肉，而唔係任何麻辣嘅菜式，唔知會唔會有啲尷尬嘅呢！

近年出現咗唔少由內地開到嚟香港，仲要強調菜系本質嘅餐廳，好似有台州菜、寧波菜，唔再匿喺上海菜呢個招牌背後，咁當然係好事喇，等食客清楚知道自己食緊乜嘢，唔好讚錯亦唔好怪錯吖嘛！只不過東坡肉再好食畢竟都係肥豬肉，其實係咪適合運動員食呢？你知啦東坡肉啲汁用嚟撈飯真係可以食三碗㗎，咁太多澱粉質對運動員嚟講梗係唔算理想喇。運動員最需要一定係蛋白質，我建議佢哋應該食多啲龍井蝦仁，呢一味清清哋亦都夠特色，用茶葉嚟炒蝦仁，相信其他亞洲地區嘅人士係諗都冇諗過嘅。

再唔係整碟西湖醋魚都唔錯，呢一味又係有個大特色，用最廉價嘅草魚，即係我哋廣東人叫嘅鯇魚，堅係平嘢。據講以前係會煮之前先餓吓條魚，等佢腸胃清空，吐盡泥土，咁條魚就唔會有泥味同腥味喎；但真正嘅味道反而係靠醋、

薑同埋糖勾個芡落去,令到食嘅人食到蟹味,咁就最地道喇,所謂蟹味係講緊大閘蟹。唔知選手村嘅伙食做唔做到呢個水平呢?由細到大都唔多鍾意食淡水魚,鯇魚係代表,食到人成口泥味,如果真係煮到大閘蟹味嘅話都唔介意試吓㗎。不過穩陣啲都係食番我最愛嘅煙熏黃魚,條魚真係金黃色,拎到埋枱嗰陣煙熏味香噴噴,單係咁已經引人入勝喇。最衰我唔係運動員冇得去杭州亞運選手村度食,有個最簡單嘅方法,去尖沙咀被譽為天下第一杭州菜嘅天香樓叫齊佢畀自己食仲簡單啲,唔使等下世,唔使爭取乜嘢出賽資格,夠錢找數咪得囉!

越南 pho

　　譚仔國際公佈與澳洲餐飲集團 ST Group 計劃成立合營公司，其中集團出資 98 萬澳元，兩企分別持有其 49% 及 51% 股權。合營公司將與譚仔訂立特許經營協議，獲授權使用三哥品牌經營業務。合營公司可以與其他附屬特許經營者，訂立進一步的附屬特許經營協議。另公司與菲律賓零售企業 Suyen 訂立諒解備忘錄，擬以特許經營安排的方式進軍菲律賓市場，並在菲律賓開設和經營集團旗下品牌餐廳。

　　麵食潮流國際化一定係由日本拉麵講起，邊個喺日本方排過隊食拉麵嘅舉手，我當年都排唔少。日本拉麵口味主要分為四個湯底，豉油、豬骨、鹽同埋味噌即係麵豉湯，唔同地方嘅店有唔同取向，對於我嚟講碗拉麵一定要有嘅係嗰隻滷水蛋、筍乾、木耳絲同大量生葱，有冇叉燒好閒，至於湯底就好睇季節，冬天一定係豬骨湯，因為油多暖身啲，但係百吃不厭嘅其實係麵豉湯底。日本拉麵之所以征服全世界，除咗佢本身真係好食，日本人做嘅即食麵五花八門七嘢種類、口味都有，夠晒方便，亦都係最好嘅推廣方法，而我就係未曾踏足日本旅行之前，都已經食唔少日本即食拉麵喇！

　　講起嚟好奇怪，喺日本有幾間名店當年我都好鍾意食，亦都有去排隊，後來佢開咗嚟香港我都第一時間仆倒去幫襯，點知真係橘越淮而枳，完全唔係嗰回事。第一死症係湯唔夠熱，日本拉麵湯底嘅重要性，除咗味道就係溫度當然仲有態度，哈哈哈……就好似最近有一間以柚子加入各款湯底出名嘅拉麵店開到嚟銅鑼灣，又係即刻去食番碗，點知碗麵上冇煙嘅？任何熱烚烚嘅湯一定會有白煙冒出，咁你就知道我有幾失望喇，呢碗麵好食至奇。另外器皿方面，日本拉麵個碗一般都比較大，係因為方便食嘅時候將啲麵鬆開，香港有土地問題我明白，但係個碗唔需要細到咁，乜嘢都密質質，可想而知我有幾失望啦！

　　喺我心目中第二個可以征服全世界嘅應該係 pho，即係越南牛河、越南雞絲河粉呀，唔食牛都食雞吖嘛！其實我鍾意食越南 pho 多過日本拉麵嘅，鍾意嗰種一個人嘅方便，叫碗 pho，一杯飲品，胃口好整多個小食咊呀，春卷、粉卷定扎肉、墨魚餅都冇所謂，就係咁安安靜靜食飽飽，滿足。鍾意食 pho 一定同個湯底夠清香夠肉味而不膩有關，好嘅湯底飲得晒嘅，日本拉麵就點都冇辦法喇！唔知你哋食過即食嘅越南牛河未？我食過，相當似㗎喇，除咗食完好口渴之外都冇乜好投訴，好多年前有個好朋友因為工作要住喺越南，佢

送咗一箱畀我，我特意買靚牛肉、芽菜、香葉、青檸同指天椒，做個貴價版即食越南牛河，效果冇得頂。取巧即食嘅都咁好，你話喇，越南 pho 咪一個字掂囉！

銀針粉

2024 年 2 月已獲土審批出強拍令的銅鑼灣希雲大廈，將在 4 月 17 日進行公開拍賣，底價 24.25 億元。現時由金朝陽（0878）持有大部分業權的希雲大廈，坐落於禮頓道 128 至 138 號（雙數）及希雲街 2 至 30 號（雙數），物業早於 1959 年落成，樓齡 65 年，現為一幢十一層高商住綜合用途樓宇，設三條公用樓梯及三部升降機，地下高層及地下商舖為非住宅用途，1 至 10 樓為住宅用途。大廈曾於 2022 年以 32.08 億元售出，惟買家於 2023 年未有支付進一步按金，最終沒收訂金近 3.21 億元。

一幢超級舊樓要拆，我第一個反應竟然係，好彩冇我鍾意嘅餐廳喺嗰度啫！其實嗰度有好多小店都幫襯過，就係冇一間令我經常返去，而且啲小店隔幾年就易手，賣熱狗變做手撕雞，雪糕店變做日式飯糰，諸如此類。所以我反應唔算好大，只係擔心我常去希雲街尾嗰間日本餐廳會唔會因為咁大面積拆樓，沙塵滾滾影響我去幫襯嘅意慾呢？

我鍾意去舊區搵嘢食，就係要幫襯街坊小店，所謂街坊

小店一定係街舖，面積唔會大，好多時老闆就係個廚師，唔會有分店，好自然一定唔係連鎖亦無加盟，呢種小店係個老闆押咗自己落去，生定死就睇老闆嘅手藝喇。剛剛住灣仔皇后大道東嘅朋友話佢屋企對面開咗間豬雜粉要約我去食，去到先知當年我帶呢個朋友去灣仔道食過，等我仲以為佢由灣仔道搬過嚟皇后大道東，點知原來我搞錯咗，睇佢哋張柯打紙先知道灣仔道嗰間係佢哋嘅總店，皇后大道東呢間就係最新開嘅第七間分店，嘩！犀利！

呢日我點咗個三餸麵，豬膶、粉腸同牛脷，見粉麵嗰欄除咗米粉、河粉、油麵之外，竟然仲有銀針粉，我考慮咗兩秒就決定畀個機會佢，你有所不知，喺香港食銀針粉要睇彩數，好多時食到嘅都係入口一團粉，冇柔韌性一啲都唔好食。所以我經常懷念小時候銀針粉好普及，茶樓會有三絲炒銀針粉，所謂三絲可以係叉燒絲、火腿絲、雞蛋絲、紅蘿蔔絲、韭菜、芽菜，是但三樣。不過我鍾意叉燒絲、紅蘿蔔絲同雞蛋絲，又紅又黃又橙，炒完出嚟望上去好醒神，係我其中一款鍾意食嘅粉麵，只不過後來搞搞吓少咗人叫，慢慢就唔常見喇，老朋友喇，都係莫遲疑。

好彩我叫咗，因為個胡椒湯底同銀針粉係夾得好交關，

可以一匙羹一匙羹咁揰入口，接近食通心粉嘅效果，而且呢個銀針粉正正就係我期望嘅煙韌，好好嘥，搞到我嫌唔夠湯，或者因為我又叫咗包炸門鱔魚皮，食魚皮要浸湯，越整越唔夠湯，反而啲餸食到尾都仲有。連鎖係咪一定唔好？就要睇管理喇，經驗話畀我知，去到一個位質素就會下降，咁佢仲得咪繼續幫襯，直至佢唔得為止囉！

孝順菜

　　2023年8月29日係一年一度七月十四盂蘭節，根據旅發局官方網頁資料，每年農曆七月的盂蘭節，香港各區都有相關的主題活動，其中由香港潮屬社團總會喺維多利亞公園舉辦的「盂蘭文化節」，除了有盂蘭節相關的展覽、遊戲、表演及工作坊外，今年更加入角色扮演推理遊戲劇本殺元素，及虛擬實境盂蘭勝會導覽等體驗，等市民以高科技體驗和了解盂蘭勝會的意義。由9月1日至3日喺維園1號足球場舉行，免費入場。

　　盂蘭節同佛經故事目連救母有莫大關連，話說釋迦牟尼嘅神通第一弟子目連，佢母親做了很多壞事，死後變成了餓鬼，目連透過神通看到後十分傷心，就運用法力將鬼門關大開，令啲遊魂野鬼四出覓食，目連就趁機將一些飯菜拿給母親食用，可是飯一到母親口邊就化為灰，最終要借十方眾僧威神之力先至使到佢母親解脫。所以盂蘭節燒街衣除咗要有金銀衣紙香燭之外，仲要有芽菜、豆腐、飯同水，因為芽菜豆腐都係高水分，所以餓鬼食入口都冇咁容易化成灰。

　　邊個唔驚鬼？偏偏我驚鬼之餘又勁鍾意盂蘭節，鬼咩，由細到大都住石塘咀山道，一年一度嘅盂蘭勝會就喺山道同保德街對開一大片空地度舉行，嗰種熱鬧對於一個細路嚟講簡直就係嘉年華會級數，山道係一條大斜路，大會會搭兩個棚，搭喺斜路上邊嗰個係擺放善信送出嚟拍賣嘅物品，斜路下面就係戲棚，入黑後就開始做潮劇，雖然我完全唔識聽潮州話，睇《拾玉鐲》、《三岔口》一樣睇得津津有味。呢個勝會大概持續五至七日，喺嗰段時間家家戶戶都會燒街衣，一街都係芽菜、豆腐、龍眼同毫子，雖然媽媽吩咐唔准執啲神沙，我唔會主動去搵嚟執，但係見到嘅話被動地都會執嚟買汽水飲㗎！

　　目連不惜一切去救母呢個故事流傳到現代已經成為咗宣揚孝道，令我每次食到媽媽整嘅一味餸，就會聯想起呢個故事，佢用絞爛咗嘅鯪魚肉同揸爛嘅豆腐混合，蒸熟咗之後潲豉油熟油同葱花就食得，仲話呢味嘢叫做老少平安。我少不更事，覺得好搞笑，一般餸都係直接響全朵，譬如番茄炒蛋、菜心炒牛肉、魷魚蒸肉餅，但老少平安係咪太突出咗啲咁呢？我呢啲問題少女梗係起勢問點解有個咁特別嘅名嘅？媽媽話豆腐蒸魚肉無骨無剩，老人家同細路哥食都唔怕哨親，仲唔係叫做老少平安？計我話，上海人嘅火腿豆腐係再安全嘅老

少平安，因為鯪魚都仲會可能有啲細骨，但係金華火腿就一定冇，而且火腿嘅油香甘香完全落晒啲豆腐度，更得我心！邊個版本都好，有時食到都會不期然諗起已經不在人世嘅父母，果然係一道孝順菜！

做節的味道

　　第 57 屆工展會在維園開幕，有近百名市民在場外等候入場搶購限量 20 份的 1 元鮑魚福袋，福袋在 5 分鐘內售罄。購得 1 元鮑魚福袋的孫先生表示係專程請假，並於 9 時前到場排隊搶購福袋。特首李家超出席工展會開幕禮後，提到前晚有廟街「夜繽紛」，今日有工展會的「添繽紛」，感到非常開心。其後仲購買生煎包、魚蛋等小吃，同時購買手袋給太太和金蠔給母親做冬。

　　喺我嘅童年冇乜所謂乜嘢夜繽紛，偶然屋企人帶我哋去上環大笪地買牛仔褲然後坐低喺大排檔食炒蜆，對我嚟講的而且確係夜繽紛，但係一年最多兩次咁其他嘅夜晚又點呢？諗番轉頭其實晚晚都夜繽紛喎，嗰陣時大部分嘅香港人都係睇 EYT 歡樂今宵，聽到片頭曲罐頭音樂「日頭晚做到而家輕鬆吓……」就 happy 喇，誇張到聽唔到節目完嗰晚有份演出嘅藝員齊齊現場唱片尾曲，「歡樂今宵～再會！」都唔多願上床瞓咁滯，真係一個年代，一個純樸又簡單嘅年代。

　　另外一個夜繽紛嘅時刻就係一年一度嘅年宵攤檔，真係

會年三十晚食完晚飯就去行番轉；工展會反而係日繽紛，因為媽媽真係會去買嘢。幸好嗰個時代嘅香港人好重視做節，一年到晚唔同季節都有一啲特別節日，清明、端午、中秋、冬至，為咗做節每隔幾個月就有一餐好豐富嘅晚餐，我哋呢啲做細路嘅梗係無任歡迎啦。當年我問過一個問題，點解我生日都只係加料得隻雞？做節就豐富得多？媽媽冇我咁好氣咁話：清明係紀念屋企嘅列祖列宗、端午就係屈原、中秋係嫦娥；但係講到冬至佢就講唔出一個人名，我就噓佢。然之後佢就出殺手鐧，咁你食唔食呀？然後我就梗係收聲食嘢啦！

媽媽離開塵世十五年，每逢做節都不期然諗起童年一啲生活片段，其中一幕一定係放學返屋企聞到一浸浸冬菇散發出來嘅香味，我就知道呢晚有炆冬菇食又即係呢晚做節喇，好奇怪，咁多種食物當中最有存在感嘅一定係冬菇，浸嘅時候一屋香氣，煮嘅時候更香，佢就係欠個樣㗎咋，黑鼆鼆，否則就係全場總冠軍，唔係咁食葷食素嘅都歡迎，從冇聽過人唔鍾意食冬菇，唔食嘅原因，只係因為消化力差咗，唔等於佢唔想食。我鍾意單純嘅炆冬菇，加埋髮菜蠔豉生菜就係過年先會食嘅意頭菜式，太過有機心喇，一次過想發財好事生財當許願咁，係咪貪心咗啲呢？所以炆冬菇集中喺冬菇作為食物本身，簡單純粹幾美好呀！爸爸唔重視節日，最鍾意

講有錢就日日都過節，因為當時整體香港人嘅經濟狀況都未算太鬆動，真係要做節拜神先至會有雞食，佢成日話過時如過節喇，我唔明，到今日我哋嘅經濟條件富裕得多，偏偏又過節如過時，中間最大嘅落差就係雞或者都有，但炆冬菇就經常冇預佢，少咗做節嘅味道囉！

應節食品

　　彭博通訊社估計，2024 年復活節美國人將花費超過 50 億美元購買糖果，但可可價格向上，促使生產商縮細朱古力條的體積，令到消費者要面對縮水式通脹（Shrinkflation），即付出相若售價，但產品分量或尺寸有所縮減。主要原因係受到製造朱古力的原材料之一的可可價格飆升，紐約可可期貨價格在 2023 年已累升 61%，2024 年升勢未停，每噸價格更曾創逾 1 萬美元新高，主要受西非可可豆供應短缺創歷史最差情況影響。

　　好彩復活節對我嚟講只係假期，因為我冇宗教信仰，而且我冇迷戀復活蛋。喺香港長大嘅細路都一定接觸過復活蛋，細個嗰陣有返過兩年主日學，有幾件事記咗一世。第一，一坐埋位準備望彌撒，未開始已經瞓著，直到領聖體就自動醒番，不過我冇資格，一直好奇聖體好好食㗎咩？第二，幾十年後都背得出聖母經，萬福瑪利亞，滿被聖寵者，主與爾偕焉；女中爾為讚美，爾胎子耶穌並為讚美。天主聖母瑪利亞，為我等罪人，今祈天主，及我等死候。阿門。第三，初嚐復活節蛋，原來係朱古力蛋！

　　復活節蛋等於朱古力蛋係震撼咗我嘅，細路仔食蛋嘅經驗不外乎雞蛋、鹹蛋同皮蛋，你知啦，復活節畫面上嘅主題係兔仔同隻彩色繽紛嘅蛋，所以我一直以為嗰隻係兔仔蛋，點知打開方蛋黃嘅？仲要唔使煮直接食得，簡直刷新咗我嘅認知。最搞笑嘅係，細個嗰陣啲復活蛋好似鵪鶉蛋咁細粒，仲要係實心嘅，作為一個細路都歡迎佢嘅，話晒都係朱古力吖嘛。最引人入勝嘅係要好小心去剝包住粒蛋嗰張彩色錫紙，如果完整的話可以鋪平壓扁，當書籤放喺書本入邊，好靚。嗰陣時好多地方都有復活節裝飾，其中係西餅店，佢哋會有應節嘅復活節蛋糕，蛋糕嘅造型不外乎係兔仔同隻復活蛋，而嗰隻復活蛋係大人兩隻手掌合埋咁大粒，係細路見到都想要，我每日經過都發夢媽媽買返屋企畀我食就好喇。

　　中學階段終於得到一隻大嘅復活蛋，點知得到嘅係另一次失望，做乜拎上手輕飄飄嘅，乜唔係實心朱古力蛋嚟嘅咩？原來大隻嘅復活蛋係空心㗎，係將兩個朱古力蛋殼黐埋，食嘅時候敲碎佢，食碎片㗎咋。呢個真係重擊咗我，用咗兩個禮拜消化呢件事，心裡面慶幸我哋炎黃子孫嘅鹹肉糭、月餅、蘿蔔糕等等，唔同時節嘅應節食物都係足料實拃拃嘅，冇造成我嘅童年陰影，到今日都仲咁鍾意食佢哋呀！

慶功宴憶當年

2023 年 10 月第 60 屆金馬獎頒獎典禮公佈各獎項入圍名單，再為人母兼正在坐月的余香凝，憑電影《白日之下》角逐金馬影后，同一部電影另外兩名演員，林保怡同梁雍婷亦分別獲提名最佳男配角和女配角。至於以廣東歌為題材嘅《填詞 L》，女主角鍾雪瑩同樣入圍最佳女演員，佢話知道獲提名之後監製同導演即刻約食燒肉，就像當初叫佢一齊拍電影咁即興又認真，仲話會多吃幾塊喺。此外許鞍華最新作品《詩》亦入圍最佳紀錄片。

獲得提名當然高興即刻約食飯係要分享喜悅，年輕人食燒肉慶祝符合現今世代嘅口味！活得夠耐經歷多咗先體會到原來乜嘢都有世代之分，雖然唔同年代嘅電影工作者都一定有開鏡煞科慶功之類嘅飲食場合，但就係有分別。做娛樂記者嗰段生涯，電影好似部部都收得，閒閒哋都二、三千萬票房，食生菜咁食，搞到隔晚就有慶功宴食咁滯，嗰陣時成個香港都人才濟濟唔使搶人才，行行賺大錢夜經濟好掂，娛樂圈更加不在話下。我咪講過，有一段頗長嘅日子，我係以個記者會喺邊度開，個慶功宴喺邊度食嚟決定嗰日去邊度採訪，

嗰陣啲慶功宴一定有魚翅食，問題係食幾好啫，蟹黃天九翅都食過。今日睇番轉頭咪 old school 囉！

　　新世代嘅人對魚翅絕對冇好感只有惡感，莫講話家陣唔係部部戲都會有慶功，即使有都一定冇魚翅食咁滯。但傳統粵菜講究筵席菜單必有湯羹，唔食魚翅都要換一樣其他替補，最近接連兩餐飯巧合地都係食冬瓜盅，分別係一個迷你一個傳統。就先講迷你嗰個，喺灣仔北領導人嚟香港都會入住嘅五星酒店，中菜廳嘅行政主廚章師傅幫我哋五個為食鬼寫菜單，迷你冬瓜盅上枱賣相討好，各人都食得高興，話晒有機會煮畀國家領導人食嘅，梗係有一定水準。冬瓜盅真係粵菜其中一個代表，只不過各師各法，唔似得內地省市會為自己嘅名菜定義，明文規定要放乜嘢材料、重量、比例之類，香港廚師都仲係有個人喜好放乜都得嘅自由，咁就百花齊放喇。

　　至於有乜嘢材料係冬瓜盅必備嘅呢？第一，一定係蓮子，呢味嘢本身係夏天食用嘅，蓮子嘅重要性就凸顯到喇；另外係夜香花，其他肉類海鮮悉隨尊便。講番傳統嗰個，係因為住台灣廿幾年嘅香港朋友返香港探親，佢話最掛住嘅係香港嘅湯水，所以冬瓜盅係佢揀嘅，我哋去咗西灣河訂枱閒閒哋要四個月嘅小廚食，六個人差不多一人兩碗，大家都好

滿足，但我就若有所失，因為佢直接用裁成菱形嘅絲瓜片代替咗夜香花。其實迷你嗰個佢係有放到㗎，但一滴香味都冇，成為咗我五日內兩個遺憾。張愛玲嘅人生十憾之一係海棠無香，好彩佢當年喺港大讀書嘅時候，夜香花依然係香嘅，否則佢會幫我出咗聲，唔使我今日喺度搖頭嘆息！

蟹肉伊麵

　　2023 年時，日本歌姬中島美嘉相隔五年再度來港宣傳 2024 年初舉行首次香港演唱會，中島美嘉在工作人員陪同下現身機場抵港大堂，獲十多名粉絲接機，有男粉絲更特別從澳洲來港，欲一見偶像及索取簽名，惜被工作人員以安全理由阻止。中島美嘉透過翻譯表示雖然香港天氣頗熱，但見到熱情的粉絲很開心。被問到想去香港什麼地方時，說想去茶樓吃點心。

　　香港雖然號稱美食天堂但外國人嚟到香港都係上茶樓食點心，即係話喺外國人心目中，點心代表咗香港，呢啲嘢外人係咁睇通常自己人又未必係咁諗。好朋友係長居台灣廿幾年嘅香港人，最近返嚟探親我就梗係做陪食專員喇。佢主動講話想食嘅三樣嘢，上文講過其中一樣係想飲湯，另一樣係食茶餐廳，第三樣嘢係要食粗麵，飲茶食點心竟然冇上榜呀，口味嘅嘢又點會冇差別！

　　粗麵係我最感意外嘅，亞洲人都食麵，口味當然仲可以細分，但作為廣東人粗麵有乜嘢咁令人想食呢？尤其係台灣

有咁多種麵食，係咪？於是我哋去咗食雲吞麵，嗰碗雲吞粗麵食得佢相當滿意，原來台灣好多麵種都有就係冇粗麵。如果嗰日唔係諗住簡單啲喺我屋企附近食嘅緣故，我係會帶佢去東大街食碗牛腩撈粗。粗麵唔係我經常點嘅麵種，但係有幾款麵食就非粗麵不可。

就講牛腩撈粗，粗麵因為麵條本身闊扁平，可以沾到多啲豉油，食味自然比幼麵好，呢一點就同食意大利麵一樣，唔同嘅汁唔同嘅煮法會用唔同粗幼嘅意粉，務求用啱嘅麵去達到最好效果。另一樣係暴露年齡系列，仲記唔記得細個去酒樓食飯，經常會食到一味叫做薑葱叉燒辦麵？呢味嘢一定係用粗麵，其實都係撈麵嘅一種，冇湯跟嘅，喺我印象當中辦麵最大嘅特色係麵質相對腍身，老人家食都冇問題。咁係咪令我好懷念呢？又唔係，如果我久居外地，返香港最想食嘅可能會係鴻圖窩麵！

呢窩麵係用上湯煨伊麵，其實係蟹肉伊麵嘅豪華版，除咗會用上鮮拆嘅蟹肉，仲會落埋切花嘅鮮魷甚至蝦仁，所以嗰啖湯又分外鮮味。記得四十幾年前大家姐結婚，屋企第一次辦大型喜事，爸爸媽媽好緊張叮囑做戥穿石嘅同陪嫁姊妹，千祈唔好畀客人未入席前亂叫蟹肉伊麵，否則會蝕大本，佢

哋肚餓嘅話叫佢哋食西餅好喇。我呢個小學雞就梗係記喺心，就喺嗰日扭計要食蟹肉伊麵，唔食猶自可一食不得了，嗰碗嘢唔大唔細啱啱好，鮮拆蟹肉嘅魅力就係唔使自己拆大大啖肉，伊麵又吸收晒上湯嘅味道，食完嗰碗我立志以後去飲要做唔生性嘅賓客，可以的話都會喺開席之前叫碗蟹肉伊麵！可惜，大個咗我唔鍾意去飲宴，好多時淨係做人情唔去飲㗎，冇成功達陣，蝕晒！

我的婚宴菜單

　　74 歲的泰國前首相他信服刑半年後，撰文時已獲假釋出獄，於當地時間早上約 6 時由女兒佩通坦陪同，乘車離開警察醫院。他信離院時身穿綠色長袖衣服，戴口罩及頸箍，右臂由吊帶承托，乘坐平治約二十五分鐘後抵達位於曼谷的住所。2023 年 8 月，他信結束十五年海外流亡生涯回國，因涉貪及濫權罪被判囚 8 年，服刑首晚因胸痛及高血壓入院，不久即獲泰王減刑至一年，他在醫院拘留了六個月。他信獲釋後可能會受到監控，須戴腳環及限制外遊。檢控官仍考慮是否就他信在 2015 年訪問發表侮辱君主言論起訴他。

　　唔知他信仲有冇機會嚟香港呢？眾所周知佢有幾鍾意香港㗎喇，喺佢流亡期間經常喺香港畀傳媒影到佢，19 年頭仲喺尖沙咀當年新開嘅五星級酒店嫁女，據講包起咗半間酒店畀佢啲泰國親友賓客入住。婚禮當日喺個大禮堂擺酒，有傳媒報導原來婚宴係食自助餐，當中有魚蛋粉、蘿蔔糕同埋炸蝦丸添呀。呢啲算唔算文化差異呢？他信咁有錢想點都得喇，其實都唔係錢嘅問題，香港人有冇錢都好，首選一定唔會係自助餐囉，畀我揀其實我嫌飲一圍酒席有啲悶，食自助餐好

似輕鬆活潑啲，仲可以食多啲唔同嘅嘢，唔係開心啲咩？

　　香港人嘅婚禮成日逼人睇一對新人嘅人生歷程，出世嗰日、返幼稚園、大、中、小學畢業、朗誦比賽攞獎、代表學校參加校際歌唱比賽仲攞埋冠軍，出嚟社會做事，去唔同地方旅行，然後拍拖求婚⋯⋯總之唔同階段嘅人生縮影喇！畀著我，我唔會逼人睇呢啲，但我會逼啲賓客經歷一次我的美食之旅，將我由細到唔同階段鍾意食嘅嘢，都一次過擺晒上枱同大家分享，由咖喱魚蛋、炸大腸、牛雜、碗仔翅、生菜魚肉、煎釀三寶、煨魷魚、炒栗子、雞蛋仔、冷糕呢啲街頭小食一定要出現；然後係茶餐廳美食，奶茶、蛋撻、西多士，再落去就係唔同地方嘅特色美食。你睇我鍾意食嘅太多喇，自助餐會係相當唔錯嘅選擇，但再諗深一層，有兩個主菜一定要位上，即係話半自助餐更適合。

　　要位上嘅第一樣係魚翅，因為我童年去飲宴最渴望嘅係食魚翅，只不過當時係食個芡杰撻撻嘅雞絲翅，仲要雞絲多過翅，一啲都唔好食。大個咗食咗無數唔同嘅魚翅，反而最鍾意嘅係潮州魚翅，同樣係杰撻撻但呢個杰法唔係埋生粉芡，好食到飛起，每次食糊住個口嘅感覺都非常好！第二樣係鮑魚，嗰陣時係鮑片，仲要係罐頭鮑魚，上碟前又要埋一個蠔

油玻璃芡。天呀！我嘅童年飲食陰影之一就係芡，其實埋芡有分高低，當年不幸地食嘅都係劣質芡，所以我要撥亂反正，請賓客食鮑魚係一隻隻唔係一片片，解開我心中嘅苦悶。最後回禮嘅小禮物會係山楂餅、椰子糖呢類土炮嘢，咁我就好happy喇！

上海盆菜

　　大埔林村於農曆新年舉辦「林村許願夜市」，當中包括「夜光寶牒」活動。特首李家超偕同民政及青年事務局長麥美娟到訪現場，並出席長者盆菜宴。他與長者共享盆菜，並在現場致辭時祝福長者「龍騰高飛」及「身體健康」，宴後向長者送上關愛隊的禮包。李家超其後到訪林村許願樹巡視攤檔和拋寶牒，他在寶牒寫上「香港龍騰新程，市民身體健康」的祝願，之後拋寶牒。李家超又拿出 100 元紙幣「添香油」。

　　實不相瞞，我真係從來未入過大埔林村棵許願樹拋寶牒，唔係話個心冇所求，而係許個願啫，唔使長途跋涉搞餐懵嘅，但係食盆菜喇喎，就經驗豐富喇，仲好意思講食到有啲悶添呀。其實食盆菜係客家人嘅傳統，雖然傳說話宋帝昺當年嚟到香港都食過，但唔知點解要到九七之後先變咗一個飲食界嘅賺錢項目，每逢農曆新年成個香港都喺度賣緊盆菜，莫講一般餐廳，連鎖快餐店都賣埋一人盆菜，幾乎成為魚蛋、蛋撻、奶茶之後嘅香港美食代表咁滯。

　　未到九七，有個舊同事姓鄧係元朗屏山人，佢出嫁請飲，一班舊同事約埋一齊去見識吓戶外飲喜酒食盆菜嘅滋味，呢啲嘢就係咁，急趕而來失望而回，因為新娘子嘅爸爸係有頭有面嘅鄉紳，嗰晚開咗冇一百都有九十圍，場面真係墟冚，我都只係見到一對新人兩眼㗎咋。第一次食嘅印象就係，原來盆菜就係南乳炆豬肉做底，再加一堆立立雜雜嘅嘢，燒鴨、雞、蝦、冬菇、豬皮、魷魚、炸門鱔、鯪魚球、枝竹、蘿蔔，咁多嘢加埋其實都係粗嘢！據傳最初的客家盆菜是客家人在過年過節時，各人帶自備的食物相聚一堂，但古代交通不便，相聚時食物已冷卻，翻熱時把所有食物倒在一個大盆中煮熱，就成了盆菜的雛形。咁古代邊有咁多貴價食材，佢嘅粗其實已經係幼細㗎喇。

　　但係現代人為咗可以賣貴啲，咪一味加啲貴嘢上去，鮑魚、花膠、海參、鵝掌、原隻乾瑤柱，總之想幾貴都得。早幾日有朋友叫我推介盆菜訂定過年食，咁啱今年食過一個上海餐廳推出嘅上海盆菜，係近年食得最滿意嘅一個，材料有獅子頭、醉乳鴿、紅燒肉、虎蝦、花膠筒、罐頭鮑魚、豬蹄筋、蠔豉、蛋餃、炸芋頭、高山菜、上海百葉結、野髮菜、日本大根、水晶粉皮、江蘇水磨年糕片，味道當然唔係南乳做主調，而係濃油赤醬嘅效果，有驚喜呀！如果有川菜館又

或者潮州菜館，同埋湖南菜館都出盆菜，又會係乜嘢味道呢？
有得諗喎！

蒸豬手

　　香港旅遊發展局表示會配合「香港夜繽紛」，在 2023 年尾的數月舉辦多項活動推動夜經濟，包括美酒佳餚巡禮、大坑舞火龍。另外旅發局在 11 月起會向訪港旅客送出一百萬份餐飲消費券，每份價值 100 元，規定在傍晚 6 時後光顧指定認可的酒吧及餐館方可使用。在美酒佳餚巡禮，旅發局指其中一個「亮點」，是引入多款「大灣區人氣美食」，包括順德三寶魚皮餃、魚腐、鯪魚球，以及順德蒸豬手。

　　真係對大灣區人氣美食有啲好奇，講真順德三寶對香港人嚟講一啲都唔陌生，順德菜好似係脊骨咁撐起咗粵菜，而鯪魚更加似係順德菜嘅親善大使咁，廣結善緣，呢三寶都係用鯪魚做成嘅，鯪魚球最實牙實齒打正名號，魚皮餃就鯪魚肉溝咗入餃皮，魚腐更加係將鯪魚肉打到起膠加入生粉同蛋白，令魚腐炸完之後又香又滑，係細路哥嘅恩物。起碼街頭美食之一嘅煎釀三寶正正就係順德嘢，喺香港長大嘅邊個唔係由細食到大先？

　　煎釀呢個手法亦係順德菜入面最常見嘅其中一種，當然

釀鯪魚仲高壇數，只不過，唔知大家會唔會同我一樣，唔鍾意任何有芡汁嘅菜式呢？真心懷疑過係咪食街邊嘢大嘅因素呢？當年第一次喺茶樓叫餸食飯食到煎釀三寶作為小菜版本嘅時候，心入面打咗個突，嗰 pat 嘢想點呀？點解唔就咁淋豉油落去就算？同樣地第一次食到煎釀鯪魚一路讚歎呢個諗法、手法同食法嘅同時，又為咗嗰 pat 芡汁破壞咗成件事而扼腕三嘆，唔加好過加呀大佬！亦因為咁，我比較少叫佢哋，都咪話唔可惜呀！

搞搞吓，順德蒸豬手先係今次嘅重頭戲咁喎，好多人都搞唔清豬手同豬腳，最簡單嘅分辨法就係平常去食雲吞麵一定會食到豬手，呢個就係滷水豬手，舊式茶樓會有白雲豬手，即係白雲鳳爪個哎吔大佬，貪佢皮爽帶有醋酸消滯開胃，呢兩款豬手都係冇乜肉係食佢嘅皮。至於腳，就因為連埋後腿呢個部分就有肉食喇，台灣人要壓驚就係食豬腳麵線，廣東婦女生完仔要進補同送禮，就要送薑醋又名豬腳薑。偏偏啲德國人搞亂檔，佢哋嘅名物德國鹹豬手碩大無朋，明明係豬腳喺度扮豬手，笑死！一口氣數咗幾種大家都好熟悉嘅做法，就係冇蒸喎，順德蒸豬手係咪值得期待呀？

香港美味

本地魚壽司

2023 年 9 月時，被當局形容為「500 年一遇」的暴雨襲港，多處發生山泥傾瀉，其中港島大潭豪宅屋苑紅山半島大幅山泥滑下斜坡，有獨立屋地基外露及懸空，影響範圍波及至少三幢。屋宇署人員視察後，發現紅山半島第 70、72 及 74 號屋臨海方向斜坡有山泥傾瀉，並發現 72 號屋有明顯危險，即時要求警方疏散有關佔用人。消息指出，當局經視察後，發現部分建築物疑涉僭建及非法佔用官地，須進一步調查。

香港接連兩個週末被蘇拉嘅十號風球同海葵帶嚟嘅黑色暴雨蹂躪，正所謂一波未平一波又起，成個香港都疲於奔命應對各種狀況，大家暫且將核廢水污染海洋生物，禁止日本十個都縣嘅海產品入口香港、唔知仲好唔好食日本魚生壽司嘅煩惱擺埋一邊。因為佢哋喺黑色暴雨期間屋企窗台可能漏水甚至成間屋水浸，忙於善後連深圳都唔得閒去，都冇時間諗其他嘢啦！

正所謂人做我唔做，人唔敢食我即刻去食，早前就去

咗尖沙咀古蹟改建嘅酒店入面嗰間米芝蓮一星壽司店食咗餐 Omakase，你係咪即刻有疑惑，冇咗日本十個都縣入口嘅魚生，餐廳會畀乜嘢顧客食呢？答案好簡單，就係目前全世界最大嘅飲食潮流，在地食材。其實呢間餐廳除咗東京亦都開到去倫敦同香港，喺倫敦同香港，廚師每日都去街市搜羅本地魚，而唔係搵供應商每日供貨。就好似當晚其中有幾道菜就係喺本地街市採購嘅，包括：鰻魚、赤鱲、墨魚同車海老，即係花竹蝦。

呢間店嘅大廚荒木師傅無論喺東京、倫敦定香港，都係用活締嘅手法去劏魚，確保魚生嘅質素保持喺最好嘅狀態。活締按照日文字面意思，係活生生殺死佢，日本廚師呢個常用嘅劏魚方法已經用咗超過幾百年，做法是將活魚麻痹，再放去血液，以保存魚肉的鮮味及質感。老實講，如果佢唔話你知嗰一味係用本地食材，喺質素上你根本分唔出。

就好似嗰晚嘅四種食材，赤鱲同鰻魚都係前菜，以刺身形式上碟，赤鱲一魚兩吃，一個連皮刺身另一個就醬油漬，都好對胃口各有風味。食嘅時候我真係有諗過，真定假㗎？本地魚做刺身都有咁高質素，咁我哋就唔應該笑人哋去順德食鯇魚刺身喇！花竹蝦同墨魚就做壽司，最有趣嘅係，喺荒

香港美味

木師傅準備親手炮製壽司之前，佢個助手用廣東話溫馨提示客人壽司要用手食，手指公同中指夾住嚿壽司嘅同時，食指按住壽司嘅最前端，將嚿壽司上下倒轉，即係有魚嘅嗰邊放入口係掂住條脷，咁就啱喇！呢晚相對最平價嘅墨魚畀我最大嘅驚喜，因為嚿墨魚嘅溫度、厚薄、剞花嘅深淺都影響成件壽司嘅表現，越係平實嘅食材越難處理，越平平無奇越見真章，要 eat like a local，先要有好嘅在地食材仲要遇到啱嘅師傅，咁就贏到食客嘅掌聲㗎嘛！

大閘蟹

2023 年 10 月海關偵破歷來最大宗走私大閘蟹案件，在落馬洲管制站進行反走私行動，成功截獲 4.8 萬隻走私大閘蟹，重約 10.8 噸，估計市值約 720 萬元。檢獲大閘蟹的產地仍在調查，該批大閘蟹未附有出口當地衞生證明文件，不符合有關介貝類水產動物售賣規定，該名 57 歲男司機涉嫌走私被捕，該批走私蟹由海關扣留調查，檢驗之後會按既定程序銷毀。

每年呢個時候就一定有相關嘅新聞，即係話一到大閘蟹季節，走私大閘蟹嘅活動係必然出現嘅，香港人有幾鍾意食大閘蟹可想而知。我曾經好鍾意，年輕吖嘛，嗰陣時個個禮拜都食，三幾隻唔少得，最高紀錄一晚食八隻仲面不改容，但係近年欠咗少少熱情，一個蟹季一次起兩次止，每次都係食一兩隻咁大把。唯一心思思嘅係每季點都要去一轉柯士甸路食蟹粉拌麵，呢個習慣原本保持得幾好，但係畀個疫情打斷咗，唔知個經理小寧波嘅轉數仲係咪同疫情之前咁高呢？

大閘蟹係江浙一帶嘅飲食文化，照計香港主要人口係廣東人，廣東人主要係食花蟹肉蟹膏蟹奄仔蟹啦，所以我認為

娛樂圈當年唔覺意幫手推動咗食大閘蟹㗎，因為以前只有上海菜館先會賣大閘蟹同埋有得堂食，只不過堂食太貴，好多時都係買返屋企慢慢拆慢慢食，飲咗黃酒咁先至盡興，為咗食大閘蟹，我喺好多大明星屋企留低過唔少腳毛。其實後來有一段時間我都會喺屋企設局食蟹，三五知己食足一晚係過癮嘅，而我最投入嘅係動心思諗吓食完蟹食乜好呢？唔好以為食蟹可以食得飽，計吓數先，一隻蟹連蒸連食預 20 至 30 分鐘係合情合理，如果我仲係食八隻的話就係四個鐘㗎喇，聽到都有啲㤑，而且唔係人人食咁多，所以都要就埋其他人，咁食完蟹食乜嘢好呢？

其實食到尾最緊要係要有熱嘢落肚，鎮番住個胃，就好似食完蟹一定要飲薑茶驅走大閘蟹嘅寒咁。一般嚟講，食菜肉雲吞係唔錯嘅選擇，有時又會煮個雪菜肉絲麵，都唔錯，但有一次唔知點解又會煲咗個白菜雞湯，然後整咗個有味飯。所謂有味飯就係準備好材料，等飯眼出鋪上飯面再煲多 15 分鐘就食得，易過借火，通常有味飯唔少得冬菇同蝦乾，再加埋肉絲，啲冬菇切絲易熟啲，因為肉絲醃過，所以啲飯咪有味囉，唔使加豉油㗎喇，啲蝦乾都有味㗎嘛，當你打開個蓋嗰陣香味撲埋嚟，你就算飽飽哋都要食半碗先得安樂。嗰次一路飲湯一路食飯自己都忍唔住笑咗出嚟，喂呀！食完大閘蟹仲要食有味飯，使唔使咁廣東人呀！笑死！

炒蟹粉

自中港兩地通關後，港人都喜歡週末到深圳吃喝玩樂，有傳媒介紹深圳的盒馬超市有價錢低至 198 人仔四隻，比香港的零售店舖便宜近一半的大閘蟹發售，唔少香港人趁著大閘蟹當造，在週末到鄰近福田口岸的皇庭廣場分店大量入手，其他海鮮和食品，如扇貝、瀨尿蝦、手撕雞等亦都搶手，其中 39.9 人仔就可以買到六隻手掌般大的生蠔。由於港客不能將未煮熟食材過關帶返香港，現場更提供了即蒸服務和多個用餐位置，務求吸引更多港客消費。

港人北上消費真係香港餐飲零售業目前面對最大嘅難題已經係不爭嘅事實，勢估唔到嘅係大閘蟹都係其中一個大項目。有朋友嘅爸爸媽媽返中山間屋度週末見吓親戚食吓嘢，有親戚送咗大閘蟹畀佢哋，老人家留兩隻畀朋友，但香港唔可以帶生蟹入境，佢哋惟有蒸熟佢至帶返嚟香港。朋友知道咗有啲懊惱，佢問我應該點樣翻熱嗰兩隻蟹，其實正常情況下任何水產類都係即蒸即食，冇乜好留，再煮就一定又韌又柴搞唔㗎喎，唯獨大閘蟹佢真係得天獨厚。我同朋友講，你唔好翻蒸喇，直接拆嚟做炒蟹粉，咁蟹粉就做乜都得，撈飯、

拌麵、拌豆腐、拌豆苗，隨得你喇！朋友事後同我講，有啲錢真係要畀人賺，將兩隻唔算大嘅大閘蟹拆到手軟先得嗰一碗，劫死咗！

　　廣東人經常搞唔清點分蟹粉、蟹柳、蟹膏同蟹皇，其實一隻大閘蟹可以分開三個部分，蟹公同蟹乸個身同鉗嘅肉就係蟹粉，佢哋嘅腳係蟹柳，蟹公軟軟熟熟呈透明狀嘅物體係蟹膏，蟹乸嘅就黃金金硬硬哋嘅就係蟹皇，咁樣大家搞得清楚啲喇啩！食大閘蟹都係江浙人士專門啲，產自佢哋地頭吖嘛，同佢哋學食蟹包冇衰，由點食，即係拆開隻蟹，逐個部位，好似食完蟹蓋食身，鉗同腳放最後。食過蟹嘅都知道蟹身好多間格，廣東人食蟹一般都會斬開，相對容易咗，但大閘蟹係成隻，咁點搞，其實捉住蟹腳沿住每隻腳咬過去，咁就食到一梳梳蟹肉㗎喇，好多時會食剩啲鉗同腳，中國人梗係唔會嘥嘢喇，隔夜餸咪炒咗佢咁囉！

　　自家製炒蟹粉其實都簡單，凍鑊落油熱咗隻鑊就落薑末出香味再落葱段出味之後，將拆咗出嚟嘅乜都好倒晒落去，快炒五分鐘落花雕酒，最後加鎮江醋就成事，我就鍾意拌麵多啲，唔想搞咁多嘢就去柯士甸道名店食番碗滿足吓，如果想食蟹膏粉皮就去灣仔另一間名店食，亦都一樂也！當初係

唔嗻嘢，但係慢慢發展落嚟就變咗演嘢，否則點會出現蟹膏粉皮、蟹皇豆腐呢類咁專門嘅菜式呀！反正食大閘蟹唔大唔食，拎去拆蟹粉蟹膏嘅就係啲細蟹，風味唔一樣都咁好味！

生蠔金蠔

　　有傳媒趁打邊爐同食生蠔季節開始，買咗五種分別產自本地、內地、法國同日本嘅生蠔樣本，交予專家檢驗其重金屬鉛、鎘、汞（水銀）及砷含量，結果發現除港產蠔重金屬砷無超標外，其餘樣本重金屬均超標，當中一款內地台山蠔「最毒」，水銀含量及鉛含量超標最多，分別高達三十倍及逾九倍，數字驚人。而法國樣本的水銀含量亦超標逾二十三倍。醫生指重金屬積聚體內可引致癌症，長期吸入水銀影響神經系統，增加孕婦胎死腹中及生育畸胎的風險。即使徹底煮熟蠔，也不能去除蠔隻積聚的重金屬。

　　食蠔有好幾種方法，除咗生食亦可煮熟嚟食，呢種二元食法我只會揀生食，所以我鍾意食生蠔，好少會叫煮熟嘅菜式，除咗煎蠔餅就係蠔仔粥，兩種食法都係潮州式。冇錯，大大隻蠔拎去煮熟對我嚟講吸引力少好多原因得一個，就係煮熟咗嘅蠔，嗰嚿正確叫法係閉殼肌嘅「枕」，即係拆出嚟好似粒迷你元貝，黐到個殼實一實嘅部位，永遠都係柴嘅，點咬都仲會有嚿渣喺個口度唔想吞，一定要吐咗出嚟，就係佢破壞咗成件事。唯獨蠔仔太細未成形冇呢個問題。

　　食生蠔，就只分爽口同口感細滑兩種，如果去蠔吧想個伙記推介食邊個產地的話，佢必問你想食邊種多啲？我從來都係爽口派，creamy 嗰啲留番畀你。食勻主要產地我獨愛一門，就係法國出產嘅，當中又以貝隆蠔（Huitre de Belon）、吉拉多蠔（Gillardeau），同埋芬大奇蠔（Fine de Claire）最得我心。近年唔常食到最愛中第一位嘅 Belon 四個零，惟有退而求其次，食 Gillardeau 囉，仲要唔使由淺入深，一款口味食到底都冇問題，半打吖唔該。好多人食生蠔都加茄汁、辣椒汁之類去調味，我就無論如何都只會加少少檸檬汁，甚至乜都唔加就咁食，嗰種重金屬味喺口腔歷久不散，食完之後連吞啖口水都甜過人，呢啲咪就係叫做 after taste ！

　　都唔係唔吼本地生蠔嘅，只不過如果佢哋換個造型，尤其係變咗做金蠔囉喎，就見一隻食一隻，就算係蠔豉都可以，用嚟煲湯煲粥都歡喜佢浸味嘅，只不過煲完之後佢直接變成湯渣，唔食㗎喇。我鍾意食金蠔鍾意到要學埋點做，工夫係多啲，但係值得嘅，話就話先蒸後煎，蒸完唔攤夠身收乾水又會水汪汪得個腥字，落鑊煎最後加蜜糖一個唔覺意又會煎燶，前功盡費。奇就奇在，生蠔我可以一口氣食佢半打，但金蠔就只可以一隻起兩隻止，呢一點諗極唔明，惟有食多兩轉食到明為止喇！

避風塘美食反攻日本

　　日本歌姬中島美嘉來港假亞博館開咗兩場演唱會，佢以廣東話同觀眾講：「大家好，我係中島美嘉。」佢喺演唱會總共有九個造型以及一口氣唱咗 30 首歌，當中更以電影《Nana》嘅經典造型，把當年戴過嘅帽同私伙紅色外套帶到香港，演唱《glamorous sky》，勾起香港觀眾嘅集體回憶。完騷後中島美嘉拉大隊去銅鑼灣食辣蟹慶功，仲對避風塘炒辣蟹、椒鹽瀨尿蝦王同清蒸東星斑讚不絕口。主辦單位更準備一個三層高嘅蛋糕，為中島美嘉提早慶祝 41 歲生日，並且收到一條紅色絲巾做生日禮物，工作人員更送上生日歌！

　　不愧係日本人，中島美嘉嘅飲食口味真係夠深度，香港有咁多好嘢食，佢竟然識得揀避風塘美食，點可以唔戥起隻手指公讚佢叻女喎？唯一唔知嘅係佢食邊一隻炒法嘅辣蟹呢？正宗嘅其實係有豆豉加蒜蓉同辣椒炒，濕嘅；反而冇豆豉只有大量蒜蓉同辣椒炒到好乾身嘅係後來上咗岸開舖先出現嘅。仲有佢會食大中小辣邊隻辣度呢？當然仲有微辣同特辣畀佢揀嘅！好多人誤會食辣食得多會影響把聲，但係你睇吓我哋鍾意食辣食到街知巷聞，仲有食得相當辣嘅小鳳姐，

佢成日熱烈地彈琴熱烈地唱，歌聲多奔放令到我哋個個喜氣洋洋，就知道呢個講法係站不住腳嘅！

　　話時話瀨尿蝦係好食，但佢嘅蝦殼唔易剝，好容易整損手會流血㗎，搞到我都唔多願食，就好似啱啱喺蘇梅島食海鮮，一行十七人，叫我點菜，餐廳推介瀨尿蝦，我反而第一樣唔揀嘅係佢，因為我懷疑十七個人入邊得兩個識得剝殼，咁搞唔掂嘅，最後梗係揀龍蝦啦。想食瀨尿蝦咩？唔係冇辦法，近一年幫襯咗一間私房菜，有一味陳年花雕蛋白蒸瀨尿蝦，隻瀨尿蝦係剝好晒殼先拎去蒸，夾埋啲蛋白一齊可以大大啖咁食，無後顧之憂不知幾爽！

　　至於清蒸東星斑我就略嫌行咗啲，日本人食魚已經係出神入化㗎喇，生食都得而且真係好食到呢！咪就係征服咗全世界囉！佢哋都有熟食嘅，只不過係三招了，煲湯嘅唔計，因為食唔番條魚。最常見到嘅梗係鹽燒喇，第二種係汁煮，有啲似上海菜嘅紅燒，第三種就係我最鍾意嘅天婦羅喇！所以我有合理懷疑中島美嘉欣賞清蒸，因為呢個做法連佢哋日本人都唔識整囉，梗係要食多啲！其實下次佢可以試吓叫店家將嗰條東星斑先煎香，再用番茄、唐芹煮成湯汁浸番住條魚，有啲似潮州菜嘅半煎煮黃花，但潮州菜嘅半煮嘅湯汁似

汁多過湯，而呢個就近乎湯多過汁，再清爽啲，真係可以飲落肚㗎，完全係另一種食味。想吸引番啲日本遊客返香港，惟有由中島美嘉開始，乾爸爹！

食埋塵嘅艇仔粉

　　LIV 高爾夫球職業巡迴賽一連三日在粉嶺球場上演，撰文時當中五十多位球手陸續抵港。香港哥爾夫球會為抵港球手設盆菜宴及安排變臉表演，出席者包括兩位大滿貫冠軍屈臣和加西亞，二人同時與在場的協會港隊年輕球員傳授打球和比賽心得。盆菜宴在屏山鄧氏宗祠舉行，香港哥爾夫球會會長郭永亮認為香港具備豐厚的文化底蘊，一直是理想的旅遊目的地，希望讓他們除參賽以外，還可體驗香港魅力。

　　一般人招呼嚟香港嘅外國人多數係食點心，但係去到人哋個祠堂入面食客家盆菜就一定係特殊人士，唔識人冇關係一定做唔到。事實上喺一座法定古蹟入面食一餐飯，話之佢好唔好食都一定覺得好食，正所謂食歷史食建築風格食文化傳承都飽晒啦！香港喺各方面都仲有僅存嘅一啲遺跡都值得推介嘅，一介平民嘅話我會推介去西貢，喺碼頭行吓，睇吓啲魚民艇家點樣賣海鮮，艇家啲艇泊晒喺碼頭，客喺岸上邊叫落去，佢逐樣執出嚟逐樣秤仲劏埋先遞畀你，成個過程好玩有趣，然後先拎去附近酒樓代工食海鮮大餐。

香港美味

　　再有風味啲嘅，可以去銅鑼灣避風塘，嗰度重開咗避風塘美食，不過形式同 1995 年被取締之前好唔一樣。上世紀政府早喺 1947 年已經發牌畀蜑家人經營「船上小販」同「小艇小販」，佢哋嘅活動範圍就係喺銅鑼灣避風塘同埋油麻地避風塘，方便泊喺嗰度嘅船隻唔使上岸都買到嘢食。冇諗過佢哋會發展出一套只屬於香港嘅蜑家飲食文化出嚟。上世紀八九十年代嘅人想落艇食嘢嘅話，只要由世貿中心停車場下面嗰條行人通道，就可以穿過告士打道行過去避風塘嗰邊，行到去就會有唔同嘅艇家向你招手，先上一隻等同 VIP 房嘅艇，開出去停定就會叫煮食艇過嚟大展身手。最出名嘅一定係興記同漢記，食嘅主要係海鮮，即係鼎鼎大名嘅避風塘炒蟹，同埋蜑家人最鍾意食嘅燒鴨河粉，另外有水艇專門賣啤酒汽水生果呢類，你可以想像單係個過程都有種探險歷奇嘅感覺，再睇住一個大叔坐喺隻艇上面幫客人炒蟹嘅場面係幾咁新奇有趣。

　　1995 年政府認為嗰度衛生環境太過惡劣，所以全面取締呢類牌照嘅艇家，佢哋惟有上岸開檔，繼續做佢哋嘅避風塘美食。直至呢幾年終於有人復刻番，當然係無復當年勇，但未試過嘅都一試冇妨，正所謂冇比較冇傷害囉！如果嫌貴都仲有另一個平民版喋，就係去香港仔嗰頭食艇仔粉，呢一味

都係蜑家人嘅絕活，由於佢哋出海捕魚唔係即日來回，所以要準備一定嘅糧餉。佢哋食得海鮮多，反而食到厭，最鍾意食燒臘，因為熟食儲存較容易。所以艇仔粉其實係用魚湯做底，燒味为餸。香港仔海濱一帶有碼頭嘅都會見到呢啲艇，佢哋喺艇上邊煮好就會遞畀你，坐喺岸邊食別有一番風味，當然你要首先唔介意食塵喇！因為依家只有一兩隻艇會做呢味嘢㗎咋！

碗仔翅的遠房親戚

　　59 歲最佳男配角林雪體重近 300 磅，揚言下定決心減肥嘅佢坐言起行，早前喺 IG 分享自己頂住巨腩玩健腹輪，甫下跪即大叫，其後用力支撐自己身體，仲邊做邊爆粗，做得相當吃力，兼滿臉通紅，狀甚痛苦，最後勉強做咗二十下，但因為氣喘聲，被聽錯叫「醫生」。剛剛又喺 IG 分享減肥第一餐，不過佢自嘲其實並不健康，因為除咗麥皮同溫泉蛋外，竟然仲有腐乳，佢將腐乳放喺麥皮，仲口噏噏表示好難食。

　　好多都市人都要減肥，一般肥胖主因都係飲食習慣好差，唔做運動，惡性循環又點會唔肥至得㗎？講到減肥都係循住呢兩個方向做嘢，減少食量，尤其係某啲食物種類，例如澱粉同糖，多做運動之類。林雪起碼要減 100 磅，所以首先一定從飲食開始。唔使減肥嘅都知道人最需要吸收嘅係蛋白質，少量澱粉 ok，糖就真係完全唔需要。所以林雪喺 IG 片度食麥皮同白焓蛋肯定係醫生又或者營養師嘅建議。只不過林雪剝咗一隻佢口中嘅流心蛋食咗半隻就話難食，我想幫隻雞蛋平反囉！

　　雞蛋係我認為天下第一美食，點整都好食，焓蛋都分全熟、溏心、溫泉、班尼狄蛋，又可以煎成荷包蛋、太陽蛋甚至西式奄列同中式奄列，中式奄列即係芙蓉蛋、白飯魚煎蛋、菜脯蛋呢類。蒸咩？都得，三色蛋、肉碎蒸蛋係咪都係家常菜式？食完鹹仲可以食甜，燉蛋、桑寄生蛋茶、腐竹雞蛋糖水都係食蛋㗎咋！講到食蛋廣東人真係食到曉飛，日本人都唔弱，食乜鬼都加隻生雞蛋黃，即刻畫龍點睛錦上添花。

　　食白焓蛋係要有適量調味嘅，好多時我會落鹽同胡椒粉，有時又會落麻油同生抽，呢樣嘢要歸功於我嘅華人胃口，唔信你哋可以試吓，正㗎。喺我哋日常飲食入面蛋係無處不在，而且食咗都未必留意到乜有落雞蛋㗎？由細到大都鍾意食街邊碗仔翅，豬骨同雞殼熬湯做底，放雞或者豬肉絲、冬菇絲、木耳絲同粉絲，食嘅時候放麻油、胡椒粉同醋，好味又醒胃。其實碗仔翅係有落蛋花㗎！係囉，好多人唔覺，但佢確係存在㗎。可能因為咁，我大個咗都鍾意飲上海酸辣湯，因為兩款都係大同小異，酸辣湯嘅材料包括肉絲、豆腐、冬菇、竹筍、豬紅或者鴨血，最後又係唔少得落隻蛋變蛋花，稍稍唔同嘅係佢有得你叫做酸辣湯，就係加咗辣在先咁囉，醋係可以再隨意增加，只不過唔使加胡椒粉，所以佢哋兩位應該係失散咗嘅遠房親戚，喺我個胃度團聚番，都算功德無量喇！哈哈！

芥菜

消委會測試三十款包裝醃菜樣本，包括泡菜、德國酸菜、青瓜等，發現廿六款，即逾八成半樣本屬高鈉，其中一款橄欖菜進食一份攝入的鈉，已近每日建議攝取量上限的一半。另外，兩款樣本屬高糖、四個橄欖菜樣本屬高脂。消委會又發現，部分樣本標示的鈉含量較測試結果低，有三款橄欖菜樣本包括「美味棧」、「坤興記」及「綿香」含較多昆蟲碎片，已交由食安中心跟進。消委會提醒，市民應節制醃菜食用分量，並應考慮產品的整體營養價值。

唔好以為醃菜淨係我哋亞洲人嘅專利，日本人叫漬物、韓國人叫 kimchi、中國人就叫鹹菜，但種類五花八門，就好似喺香港人嘅日常生活入面，經常接觸到嘅就有梅菜、榨菜、欖菜、雪菜、冬菜、鹹酸菜等等。西人一樣有㗎，食德國鹹豬手一定食過佢哋嘅酸菜，食熱狗一定接觸過醃青瓜，又或者醃甜椒呢啲。醃菜根本係全世界其中一樣主要食物，主要係為咗冬天都可以有蔬菜食啫，從前過冬係非常嚴峻嘅考驗㗎喇！

　　童年鄰居係潮州人，佢哋日常食用嘅其中一樣係同潮州粥一齊食嘅鹹菜花生，我屋企環境唔好嘅時候都係食佢。鹹菜顧名思義相當鹹，係用芥菜醃成送粥一流，而且夠鹹好襟食，係慳儉嘅潮州人同窮人恩物。

　　港式茶餐廳早餐好多時 ABC 餐入面總有一個選項係雪菜肉絲米，雪菜就係雪裡紅，可以用唔同嘅葉菜嚟醃，好似芥菜同蘿蔔葉，係我哋日常不自覺咁就食咗㗎喇。至於梅菜應該係最受香港人歡迎，講嘅係甜梅菜呀吓，所以梅菜扣肉係百吃不厭嘅其中一味，用梅菜蒸肉餅又或者蒸菜心蒸芥菜都好惹味㗎！又會咁啱，梅菜都係用芥菜嚟醃嘅！

　　所以說到底，我哋一直食緊芥菜，芥菜係相對粗生唔太值錢嘅菜，一種瘦瘦長長連啲葉都削削哋，另一種叫大芥菜嘅就似多肉植物咁，食味好唔一樣，但係兩種都帶苦味，喺佢哋新鮮嘅時候唔係好受歡迎。記得讀小學嗰段時期，每日都會有滾湯飲，多數係芥菜鹹蛋肉片湯，又或者節瓜鹹蛋肉片湯，兩樣我都得，一啲都唔介意嗰一浸苦味。人大咗食到大芥菜豬骨煲，鍾意到不得了，因為大芥菜煮腍咗之後食入口好似啖啖肉咁，再加上嗰啲苦澀味，我覺得自己吃得苦中苦，已經成為人上人喇，幾勁呀！哈哈！

南瓜頌

　　美國一名有三十年經驗的園藝師種出一個重 1247 公斤的巨型南瓜，贏得第 50 屆南瓜秤重世界錦標賽，除咗打破健力士世界紀錄，更獲得三萬美元獎金。佢仲話能種出這個巨型南瓜是意料之外，因為佢一直都有在自家後院種植南瓜，今年他更勤於為南瓜施肥和灌溉，每天為南瓜澆水多達十二次，才種出這個 1247 公斤重的巨型南瓜。這個南瓜比 2021 嘅冠軍重 21 公斤，刷新最重南瓜的健力士世界紀錄。

　　每年到咗 10 月就係南瓜嘅季節，尤其係因為 10 月底萬聖節嘅關係，西人家家戶戶會將南瓜挖空，雕埋個眼耳口鼻變咗南瓜頭做佈置，連帶商場百貨公司都避唔開，再加上秋天楓葉會變色，漫山遍野都變成紅橙黃三色，所以 10 月如果有一種代表顏色的話，毫無懸念，一定係橙色！有人話苦瓜係半生瓜，幼時唔欣賞長大咗先會接受，用呢個推論嘅話，南瓜先係我嘅半生瓜。

　　阿嬤仲在生嘅時候係會煮南瓜，但佢叫南瓜做番瓜，照字面意思同番茄番薯一樣，有個番字即係話外國入口咁解，

如果唔係西人點解會叫做番鬼佬，將啲公主嫁出去叫做和番先得㗎！但係阿嬤嘅整法好單調，只係炆腍佢就算，乜配料都冇，而且啲南瓜炆到腍一腍，嚴格嚟講係炆到爛變咗瓜蓉，用嚟搽麵包就差唔多，不過我哋係要嚟送飯。由於番瓜好甜，我覺得作為一碟餸係有啲不倫不類古古怪怪唔多吼佢，我嘅番瓜初體驗肯定係失敗嘅！

後來食西餐經常有南瓜湯，加埋忌廉煮出嚟又唔錯喎，有時南瓜蓉會係主菜嘅伴碟，效果亦 ok。去到食日本料理，先發現日本人嘅天婦羅乜都炸一餐，食過就知炸蝦炸魚炸鮑魚都不及炸蔬菜精彩，蔬菜菇類原來咁適合炸㗎喎。你知喇，廣東人啲蔬菜一般都係炒，好似清炒菜心薑汁炒芥蘭，一唔係就係湯煮，上湯豆苗、金銀蛋莧菜咁囉，邊有話拎去炸㗎，所以第一次食到炸南瓜、炸番薯、炸冬菇係有一種驚喜嘅！又諗番起細路嗰陣時，街邊車仔檔其實一早出現過炸番薯呢家嘢，檔販將大番薯切片，浸過炸漿炸到金黃就可以上鑊晾油，稍作攤涼先可以入口，但印象中就冇炸南瓜，否則我應該會再早啲同佢交朋友，浪費咗一啲歲月，惟有家陣補數，見一鑊食一鑊囉，唔係可以點呀？唔通將個南瓜雕成鬼怪頭放門口咩，嗤嘢！

陳皮頌

　　消委會測試咗十款電壓力煲，售價由 799 元至 3088 元不等，全部樣本通過六項國際標準的安全測試。消委會以四款菜式測試各樣本的烹煮表現，分別為雜菜炆牛肋條、瑤柱肉碎粥、螺頭雞湯及紅豆沙。結果發現，由於電壓力煲需時升壓及降壓，所以烹煮食物時間不一定較傳統方式快。消委會又說，各樣本煮紅豆沙時表現最差，八款樣本煮出的紅豆生熟程度不一，紅豆沙亦出現「水溜溜」的情況。煮雜菜炆牛肋條時三款樣本未能均勻烹煮番茄，醬汁不夠均勻及濃度不足。消委會稱，產品價格不一定與質素有關，市民應按需要，選擇合適容量和功能的電壓力煲。

　　最衰係又粥又湯，否則一湯兩餸連糖水可以成為理想晚餐喇，如果拎走煲粥，換上炆豬手，都真係 ok 㗎喎。事實上真係識煮嘅人，往往有好多獨門絕技去偷位偷時間慳水慳力唔使柴火。就好似煲粥咁，跟名人食譜去煲，幾乎同煲藥差唔多，十碗水煮埋四碗粥仲要時間好長，長輩一定話嘥火，媽媽煲粥好多時隔夜浸米，第二日煲只滾起唔耐就出米花，好快就煲到綿，慳番一半時間起碼。紅豆沙一樣，煮之前一

定要浸夠水，要煮到起沙就易過借火！只不過一講到要煲得耐嘅嘢，啲老人家就會好認真，火係其中一個大資源，於是會計較成本效益，最後紅豆沙唔係計用咗幾多火，因為最貴反而係用咗貴價嘅靚新皮。

新會人對陳皮比較講究，咁啱我就係新會人，由細到大耳濡目染之下對揀陳皮都略知一二，最基本係睇顏色，聞味道，然後拎上手秤吓輕重，因為越陳越輕，所謂陳皮，冇番三、五年都唔得，十年、廿年、卅年，越陳越正。喺新會人眼入面陳皮係百搭嘅，大家都知道陳皮紅豆沙嘅威力，如果啲陳皮唔夠靚，碗紅豆沙即時減分，試吓唔落包你話索然無味。係㗎，喺紅豆沙入面陳皮確係妹仔大過主人婆！至於鴨腿湯飯都一樣，陳皮係幫手減去鴨嘅羶味，穩番住煲湯，都係嗰句，冇陳皮嘅話，煲鴨湯真係甚麼都不是。

魷魚豬肉餅大家食得多，有冇食過陳皮牛肉餅？呢味嘢多工夫，牛肉要剁到好爛，蒸出嚟先夠滑，牛肉始終帶羶味所以加埋陳皮辟羶添香，蒸出嚟就無以尚之。當然，蒸牛肉餅就唔使用咁靚嘅陳皮，所以用乜嘢年份嘅陳皮去煮乜嘢先達致最好效果，就係另一個學問，呢樣肯定複雜過消委會測試壓力煲，有排你學！

芥辣

　　撰文之時，ERROR 成員保錡身在美國紐約接受馬拉松特訓，出發前佢嘅粉絲不斷留言擔心佢講唔掂英文，日前佢喺社交平台上載喺紐約街頭幫襯美食車買早餐嘅片段，當時保錡向店員話：「Hello! I want to have two Hot Dog, fries and drink!」之後醒起要求芥辣同茄汁，但猶豫地問同行的工作人員：「芥辣嘅英文係乜嘢？」工作人員未有回答，保錡只好硬著頭皮口窒窒向店員說：「And... and the... and the Hot Dog... and need some yellow and red!」店員一聽就明，保錡最後超額完成呢個用英文買嘢食嘅挑戰！

　　西人醬料就 yellow and red，我哋廣東人就 yellow and orange。芥辣係乜都係我細個上茶樓嘅第一個問題，嗰陣時嘅茶樓一坐低侍應生就會放低兩碟嘢，第一碟係黃色嘅芥辣同橙色嘅辣醬，兩種唔同嘅醬料但放埋同一隻碟變咗一個顏色鮮艷嘅太極圖案咁，另一碟就係酸薑或者蕎頭。當年上茶樓其實未食嘢都已經放低幾兩銀，茶芥加一嘅芥就係呢兩碟嘢，據聞係伙記嘅下欄錢。我細個嗰陣淨係會食橙色辣醬，尤其係點蝦餃係相當唔錯嘅。唔掂黃色芥辣得一個理由，就

係佢攻鼻，效果有啲似後來食日本料理嘅 Wasabi。

　　諗番起上嚟，以前個世界真係簡單又純粹，仲會喺茶樓上枱嘅醬料，離唔開食肉絲炒麵跟上嘅紅色醋，食炸春卷嘅喼汁，食腸粉嘅甜醬，唔同家陣飲茶，辣椒油、辣椒絲豉油、XO 醬同埋唔同茶樓又有自家製乜乜物物，擺到一枱都係，幾乎食一樣嘢就跟一碟唔同嘅醬料，煩到呢。我爸爸係個追求純粹嘅人，佢成日掛喺口邊嘅一句話係：「如果碟嘢上枱都仲要落咁多嘢好食有限！」係㗎，佢認為連點豉油都唔啱㗎，即係話個廚師落唔夠鹽囉！打籮柚！

　　幼受庭訓我都好頂唔順嗰啲一坐低就要豉油或者辣椒絲豉油嘅人，乜嘢都點一點，咁終極所有味道都只係得豉油，可悲。又或者食麻辣火鍋都要調一大碗醬，大佬呀又唔係食北方涮羊肉，溝咁多醬做乜？麻辣火鍋本身都夠晒味仲點乜鬼嘢啫？當年喺台北學識嘅一樣嘢係食唔到咁麻辣，擺碗醋點吓係可以減辣嘅。至於芥辣，好後來先識得欣賞，就係食潮州翅嘅時候落少少會增加風味，因為芥辣嘅底蘊係有加醋，所以帶酸，配杰撻撻嘅潮州翅係絕配。最衰家陣魚翅好似連講都樣衰，惟有食熱狗先會食芥辣同茄汁，yes, mustard and ketchup please!

怕失去的腐乳

韓國農水產食品流通公社發表報告顯示，2022 年韓國有四成家庭的子女不吃泡菜，即每十戶家庭就有四戶家庭的子女對泡菜無興趣。組織向全國逾 3000 戶家庭進行調查，對於為何不吃泡菜，超過三成係因為「不能吃辣」，亦有接近兩成人因為「不喜歡泡菜氣味」以及「不好吃」同「擔心高鹽」等而不吃泡菜。至於如何獲得泡菜，逾三成家庭會購買現成商品，近兩成半家庭仍會親自醃製泡菜。

新一代嘅人唔再食傳統食物，令飲食文化面對挑戰有幾出奇，呢個世界乜嘢都冇保證，能夠保留落去唔畀時代淘汰確係唔容易㗎。舉個例子，我細個去酒樓又或者小菜館，枱上一定有兩碟嘢，一碟係橙黃兩色嘅辣醬同芥辣，每樣半碟有心機嘅會整到成個太極圖案咁，另一碟就係酸薑又或者蕎頭，今時今日都已經買少見少，即使有都唔再見到蕎頭，淨低酸薑獨霸武林，咁係乜嘢令到蕎頭消失江湖？咪就係新一代嘅人唔鍾意食囉！既然係咁，點解酸薑企得住腳嘅？就要多得日本壽司喇，食日本壽司總會有一小撮酸薑放喺盤底一角，方便食客清潔味蕾食下一件，於是重新定位酸薑唔係老

土嘢，唔係老人食物囉！

　　喺香港芸芸咁多傳統食物我最擔心佢會消失嘅腐乳，南乳同腐乳同樣係發酵出嚟嘅，但係南乳對我嚟講只係用嚟煮餸嘅醬料，但係腐乳係直接可以放入口食嘅，佢唔止係醬料咁簡單。細個嗰陣阿嫲會買啲雪藏雞翼斬件做蒸雞，款式都唔少，最常食到嘅係金針雲耳蒸雞同冬菇蒸雞，偶然都會腐乳蒸雞。夏天又會整腐乳通菜，冬天就會炆羊腩，一定會跟碗腐乳加檸檬葉絲用嚟點羊腩，呢啲用途都係當醬料用啫。

　　但係有時食得好嘢多腸胃疲勞，又或者個人唔多舒服就會食清淡啲，最好莫如煲白粥，用一磚靚腐乳送口喇。我強調，作為醬料唔使太靚，但當佢要嚟送白粥，我就要求高好多喇。香港有咁嘅品質係我心水嘅只得一家，但嗰個牌品唔係咁易買得到，所以有啲煩。台灣有一家我極度滿意嘅，要去開先會買，好似過去八個月去咗三次台灣都冇時間行街市，錯過咗補貨嘅好時機，可以託人買返嚟嘅，但一諗到佢係玻璃樽裝，有乜差池打爛咗又或者漏汁咁點搞？搞著個朋友就唔係幾好喇。惟有⋯⋯惟有握腕三嘆囉！

蝦油唔過夜

2023 年 9 月時衞生防護中心公佈，兩名 33 歲及 44 歲女子在家將朋友同日由沖繩帶回的燕子星斑清蒸，另製成湯、魚柳，進食後分別約兩小時和十小時後出現腹痛、腹瀉、頭暈、四肢麻痺和噁心等雪卡毒中毒病徵，喺博愛醫院急症室求醫並入院，現已出院。衞生防護中心表示，雪卡毒素食物中毒在熱帶地方不罕見，主要與進食大珊瑚魚有關，該類大魚會吃珊瑚礁海域的小魚，小魚則吃有毒海藻，故毒素積聚在大珊瑚魚體內，特別是內臟，而魚越大，含毒量或會越高，但從外觀不易分辨有否毒素，而且煮食不能將毒素分解。

照咁睇一條魚可以清蒸、煲湯同製成魚柳，即係一魚三吃，咁條魚咪好大條囉？大珊瑚魚越大條越高危，但係一條燕子星可以有幾大呢？估計嗰兩位女士其實係一魚兩吃啫，先將條魚起咗兩條魚柳落嚟拎去蒸，剩低嘅就拎去煲湯，聽落合理啲。姑勿論如何，中毒就係中毒，大家千祈唔好學喇！其實好多湯，包括雞湯、魚湯、龍蝦湯，真正畀味嘅係啲骨而唔係肉，最容易舉嘅例子就係日式拉麵嘅豬骨湯底喇，又或者越南牛河嘅牛骨熬出嚟嘅湯，都係同一個道理。所以煲

雞湯效果要好，唔係落幾多隻雞，而係幾多個雞殼，反正豬骨、牛骨、雞殼無可避免都係會黐住啲肉，只不過比例係幾多咁解。

喺咁多樣入面，我覺得性價比最高嘅其實係蝦，當然我哋好少做蝦湯，但蝦汁就經常用得到，尤其係煮意粉。十號風球嗰日去咗朋友屋企打麻雀，佢就煮咗個蝦汁意粉畀我哋醫肚喇，相當喜出望外。蝦汁靠嘅就係蝦頭同蝦殼，用蒜頭煏乾出味，加水加番茄就係西式做法，然後就不斷濃縮，好似煲中藥咁，五碗煎埋一碗咁就成事。如果啲蝦頭同蝦殼去咗日本人手上，佢會用白味噌取代番茄，變成蝦湯做拉麵湯底囉。

我對蝦油嘅鍾情度再高一啲，每次去馬來西亞怡保必去食雞絲河粉，嗰碗粉係用雞湯做底，除了雞絲同河粉之外，仲有幾隻蝦。第一次食嘅時候見到嗰幾隻蝦當然喜出望外，當地嘅河粉好滑，啖湯都鮮甜，最奇妙嘅係一路食一路有一股蝦嘅香味，但係幾隻蝦冇可能有呢一個效果，如是者食到尾我知道其實老闆出盡惑，佢落咗蝦油將成件事提鮮提味，效果好明顯得我歡心。蝦油嘅炮製方法都係靠蝦頭同蝦殼加薑，慢火煏，不過今次唔係加水係加油，煮出嚟嘅蝦油加落

好多嘢度都錦上添花。前幾年喺溫哥華食到一碗越南雞絲河，老闆娘亦都係放咗幾滴蝦油落碗河粉度，我食到碗湯一滴不留舔舔睄。可惜蝦油唔放得耐，幾乎係要即日食完，呢個美中不足可以加入張愛玲嘅人生十憾，繼鰣魚多刺、海棠無香之後嘅蝦油唔可以隔夜，唉！

辣椒絲豉油

愛蘭爾樂隊 Kodaline 在相隔八年後再來港開騷，演出前隊中的結他手 Mark 及低音結他手 Jay 見傳媒，Mark 笑言已忘記曾來港，不過就不斷讚歎香港的美景，邊談起往事，他才想起上次來港住的酒店看到一條河。Jay 則對香港的感覺未有太大改變，慶幸騷前一日休息可以四處遊覽，他們到了廟街品嚐地道街頭美食，又吃了辣炒蝦，並大讚香港的辣較在愛爾蘭食到的辣，更加有後勁和好味。

上文提過我連台灣組合五堅情都唔識，又有乜可能知道 Kodaline 㗎，但同樣地對成員之一 Jay 心存好感，話晒都係同道中人鍾意食辣吖嘛！好多人都有個誤解，凡外國人都唔食辣，其實唔係，我都識好多香港人食唔到辣，連食魚蛋粉嘅辣椒油都唔會揸，一班人食飯預先寫菜單見到頭盤麻辣兩隻字都即刻話食唔到要改，但又識到鍾意食麻辣火鍋嘅法國人㗎，所以幾時都話飲食口味都唔關種族、背景，一切都講唔定就真！

我嘅成長背景係，爸爸完全唔食辣但媽媽就好歡喜，自細屋企有一樽樽辣椒油一罐罐辣椒醬一枝枝辣椒汁，塞滿個

調味架，食唔同嘅嘢就拎唔同嘅出嚟。就好似食乾炒牛河、豉油王炒麵、煎蘿蔔糕就要橙色嗰樽；食即食麵食意粉就拎枝辣椒汁出嚟；食魚蛋粉又或者喺屋企打邊爐咩，辣椒油又派上用場喇，都仲未計後來先出現嘅 XO 醬同埋老干媽。從前來來去去都係嗰幾種，家陣人人都推出自家製，我一年收收埋埋都唔少，連放嘅地方都唔夠，通常食一次就轉贈畀都鍾意食辣嘅人。

不過作為廣東人，我見得最多嘅一定係指天椒豉油，初出社會做事，出版社個老闆又好捨得請同事食飯，當年好興食白灼基圍蝦，去邊間都好，一坐低餸都未叫佢就會叫碟辣椒絲豉油，碟蝦一到就用嚟點蝦，呢個狀況同我唔食辣嘅爸爸一樣，都係要嚟招呼碟蝦嘅。但慢慢就發現，老闆佢唔叫白灼基圍蝦都係會要碟辣椒絲豉油，當時係年輕人嘅我就梗係太年輕喇，問佢點解乜都點碟豉油，佢答得輕鬆，想食辣啫！但係咁做咪乜嘢都變咗得豉油味囉，然後佢冇再答我。早幾晚同班朋友食飯，有朋友要求要碟辣椒絲豉油，另一個朋友即刻和應要多碟，但我留意到全晚都冇一味餸係需要點豉油嘅，佢兩個都冇點到，兩碟豉油就一直放喺度直到天荒地老。睇嚟食辣有啲時候係心理需要，下次佢哋可唔可以學吓內地做亞運，人哋出環保煙花講咗當放咗，佢叫環保辣椒絲豉油呢？反正講咗當食咗咪得囉！

香辣胡椒

受厄爾尼諾現象影響，2023 年印尼的乾旱比往年更為嚴重，由於極端炎熱天氣，水源乾涸導致農業灌溉用水減少，東爪哇、蘇門答臘等地紅辣椒失收。根據印尼糧食部門統計，10 月中旬至撰文時的 11 月中旬，印尼全境小紅辣椒的平均售價，從每公斤 3.7 萬印尼盾（約 18 港元）增至每公斤 7.4 萬盾（約 37 港元）。印尼 Maluku 菜市場的小紅椒價格，11 月 13 日時更高達每公斤 20 萬盾（約 100 港元），首都雅加達市中心大型超市的辣椒價格亦要每公斤 12.4 萬盾（約 62 港元），遠超普通雞肉價格。

先旨聲明，我喜歡食辣但唔追求七嘢都要辣，唔要鬥辣，唔使越食越辣，亦唔會以食到十級辣而沾沾自喜。如果食到我嘶嘶聲，條脷不斷伸出嚟唞氣嘅，頭皮發麻甚至打思噎，即係話享受唔到辣所帶嚟嘅刺激不突止，相反已係受罪嘅話，呢啲辣絕對可免則免。對於辣我更喜歡點到即止，就係要刺激唔係要難受，有與冇之間最過癮。坊間咁多種辣醬辣油，其實我最鍾意胡椒帶嚟嘅辣，而且佢相當百搭，喺香料界堪稱萬能泰斗。

胡椒粉係我食辣嘅啟蒙老師，媽媽鍾意食粥，細個嗰陣屋企經常有柴魚花生粥、菜乾豬骨粥、皮蛋瘦肉粥出現。好奇怪，任何粥加少少胡椒粉係會分外滋味嘅，唔使多就撒少少啫，即時提升，只有食白粥我先會捨棄胡椒粉改放兩粒鹽。冇人會放辣椒油辣椒醬落碗粥度啩，你睇胡椒粉係食粥嘅指定動作，沒有其他。媽媽有時又會煲菜遠肉片米粉，我哋依然係放胡椒粉，唔係講笑一樣出奇咁夾，完全冇違和感㗎，未試過不妨一試。仲有開始喺街口餐廳食早餐、常餐、午餐、特餐都必備嘅火腿通粉、叉燒湯意粉，都係想像唔到落辣椒油會係點，我認為得一個字啫，貌合神離！胡椒粉依然係最佳拍擋。上中學開始食學生餐，飲餐湯，忌廉湯定羅宋湯都係要落，因此訓練咗我對胡椒粉嘅追求。

既然胡椒係香料，所以佢嘅第一要求係要夠香，如果撒出嚟嘅胡椒粉冇一種即時嘅香味，佢已經唔合格，第二，入口要有微辣，呢隻辣係唔會令你流鼻水嘅，佢只會令你個身變得滾熱炳㷫焓焓，甚至額頭有少少汗珠，成件事一啲都唔辛苦，反而似做完運動咁。好多人睇小胡椒粉，記憶中以前買胡椒粉要去專賣香料嘅舖頭，後來喺超市買到膠樽裝半透明樽身紅色膠蓋嘅方便裝，係完全唔掂嘅，唔香又唔辣嘥晒啲錢，直至到搵到外國品牌先至叫做喇數，一食幾十年。後

來喺日本亦買到喺印度製造嘅好嘢，比較大樽，銀色同藍色樽身，不過佢有兩款，白胡椒同黑白胡椒味，我去日本只會買白胡椒粉，試過買錯咗，效果好唔一樣，唔啱心水，嘥咗囉！早兩晚同三個移民多倫多超過三十年嘅老朋友去上環急庇利街樓上舖食潮州菜，佢哋對個胡椒豬肚湯讚不絕口，話喺多倫多飲唔到咁和味。梗係，香港係佢哋嘅老家，人返到嚟食乜都好味啲，感情分呀！

咖啡學

中國知名的茅台酒廠與國內最大的連鎖咖啡品牌瑞幸聯名推出「醬香拿鐵」，立即成為中國社交媒體討論最熱的話題。

這款特別的「混搭」咖啡在中國的一萬多家瑞幸門店推出，馬上吸引大批民眾排隊購買。很多網友在社交媒體上曬出照片顯示，它們有著和茅台酒相似設計的杯托和包裝。據了解這款新品的零售價為每杯人民幣 38 元，使用優惠券後到手價約 19 元。商品介紹顯示，「醬香拿鐵」使用了白酒風味厚奶，含有 53 度貴州茅台酒，不過酒精度低於 0.5%。

將酒同咖啡擺埋一齊都唔係第一次飲喇，邊個未飲過Irish coffee 嘅舉手！愛爾蘭咖啡就係一杯熱咖啡加入愛爾蘭威士忌、糖同忌廉，忌廉仲要係搖到散晒然後浮面，只不過呢杯飲品唔屬於咖啡，反而屬於雞尾酒。而醬香拿鐵就話係咖啡，究竟係點定義嘅呢？或者換個方法講，你唔會喺一般嘅咖啡店搵到愛爾蘭咖啡，反而你喺任何一個酒吧都可以叫到，所以佢係屬於雞尾酒。內地呢杯茅台咖啡由於係喺咖啡

店度出現，所以佢確確實實係咖啡啦！

　　其實好多飲品原來嘅版本都係好純粹，但往後好多時都會加鹽加醋，幾乎改到面目全非先得安樂，就好似香港人受英國人影響開始飲咖啡，英國人其實只係分有奶冇奶同加唔加糖，嚟到香港落地生根，我哋飲吓飲吓就飲出自己嘅版本。去茶餐廳飲咖啡，黑咖啡即係飛砂走奶，茶走就係用煉奶代替砂糖嘅咖啡，當然仲有凍檸啡，其實花款變化都唔算多。最怕係去美式咖啡店，啲叫法千奇百怪，當我自以為搞得清楚 Cappuccino、Caffe Latte 同 Coffee Au Lait 已經可以畢業，三個版本都係 Espresso 咖啡底再加牛奶，Latte 同 Coffee Au Lait 都係加熱奶嘅咖啡，咖啡同牛奶係混合埋一齊嘅，但 Cappuccino 就唔同，佢係講究咖啡同牛奶要分開一層層嘅，所以如果你加糖落去又用匙羹攪嘅話，即係攪番散杯咖啡，咁你不如飲番 Latte 好過，問你死未？

　　點知有一日喺間咖啡店見到餐牌有 Flat White 又有 Long Black，我都企咗喺度，大佬呀又係乜嘢嚟㗎！搞咗一大輪，終於分得開，Flat White 係澳洲人嘅飲法同叫法，都係 Espresso 加奶，一般人好似我咁最初應該分唔開佢同 Latte 有乜唔同，粗暴啲嘅分法可以係，如果你鍾意飲咖啡多

啲就應該飲 Flat White，因為 Latte 奶嘅比例較高囉。至於 Long Black 就係加熱水落 Espresso，有啲似 Americano，冇錯佢同 Flat White 一樣都係澳洲嘅飲法同叫法，係咪啤一聲呢！

每次聽到人叫咖啡唔要 regular milk，轉 skim milk、soy milk、oat milk、almond milk，會令我反胃，因為我極度唔鍾意奶類，最啱心水都係 Single Espresso，可惜近年過咗中午 12 點已經唔可以飲咖啡，否則會失眠，只能夠對 Espresso 嘆一句今世情深緣淺！下世再見喇！

樽裝奶茶

　　日本咖啡店即將推出一款「可食用」的咖啡，將烘焙的咖啡豆磨碎後製成如餅乾般大小的圓塊。該咖啡圓塊每片的咖啡因含量比喝一杯咖啡少，通過長時間含在嘴裡，咖啡香味會溢滿口腔，是前所未有的品嚐咖啡的方式。咖啡圓塊採用埃塞俄比亞咖啡豆，每盒有六塊，包括咖啡豆含量 40% 及 15% 兩種口味，各有三片，售 2700 日圓（約 141 港元），2023 年 11 月 1 日起在日本正式發售。

　　可惜我已經唔可以飲咖啡乜滯，要飲就要中午 12 點前，否則會眼光光到天光。從前成日誇口臨瞓前飲杯 Single Espresso 一樣瞓天光，冇諗到有一日現眼報，最慘事前毫無先兆，一夜之間從此食高級西餐之後再冇得飲番杯意式濃縮咖啡作為完美嘅句號，冇仇報激死死呀！所以近十年，我嘅餐後飲品就變咗飲茶，如果有新鮮薄荷，我會要杯薄荷茶，如果冇，就洋甘菊，貪佢清清哋消吓滯。

　　但係去茶餐廳嘅話就唔一樣喇，因為我從來都冇鍾意過茶餐廳嘅咖啡囉！要飲梗係飲奶茶喇，港式奶茶茶味奶味都

咁重係佢嘅最大特色，飲過嘅都應該鍾意，尤其係茶走即係唔落砂糖落煉奶，一杯茶又花奶又煉奶真係唔係人咁品。講你都唔信，我有乳糖不耐症所以好少飲奶，對奶直情冇乜好感，有自主權之後唔會直接飲牛奶，花奶都唔吼，食紅豆冰會叫少奶，食啫喱一定走奶，食西多士唔會要煉奶，亦唔會食奶醬多。奇就奇在竟然會鍾意飲越南咖啡同茶走，搞咗好耐先明白唔畀我見到佢嘅蹤影就得，落咗杯咖啡或者奶茶咪隱咗形囉！

近年少去咗茶餐廳，偶然都想飲番杯茶走食番件蛋撻，先至發現好蛋撻易搵，靚奶茶難求，再加上疫情三年減少咗去人多搭枱嘅地方。有朋友向我推薦一個本地樽裝奶茶品牌，個名好符合我呢幾年行山同浮潛呢兩個喜好，唔覺意喺銅鑼灣白沙道一個夜市飲到，佢有五種口味，而我飲到嘅咁啱得咁蹺就係茶走，聽講話好飲，到真係飲到一般都係預咗麻麻哋，點知佢真係好似講嘅一樣咁好飲，冇畀人搵笨就會加多幾分，自然零舍好飲！以後喺屋企招呼朋友就可以有奶茶呢個選項，唯一嘅問題係要預訂，又或者去指定地方先有得買，呢種消費模式已經好普遍，好似話佢嘅鴛鴦唔錯，等我搵嚟飲吓再同大家報告！

蔗汁相爭椰汁得利

由天文台主辦的熱帶氣旋名字徵集活動的公眾網上投票階段已圓滿結束，超過二萬人次投票。天文台公佈投票結果，其中「奶茶」的得票最高，獲 15,750 票，其次為「青馬」及「火龍」。天文台從四十個合適及具香港特色的入圍熱帶氣旋名字中選出以下得票最高的二十個名字，它們將會加至香港的熱帶氣旋名字候補名單，其餘入圍名字包括「點心」、「麻雀」、「水仙」、「小龍」、「霓虹」、「醒獅」、「白鷺」、「香片」、「海威」、「貝貝」、「相思」、「紅豆」、「石板」、「白蘭」、「舢舨」、「帆船」及「樹蛙」。

仲以為入選名單點都會有埋鴛鴦同蛋撻添！要搵呢類普及性連外國人都知道嘅名，其實好容易，茶餐廳嘅餐牌搵就有齊。點心好喋，但勢估唔到都輸咗畀奶茶啫！如果真係奶茶嘅話，我寧願有特色啲叫「茶走」囉，因為西人都有奶茶吖嘛，雖然完全唔係嗰回事，怕混淆呀！

喺我童年嘅時候，每逢爸爸跑馬贏到錢，佢會斬料返屋企加餸，斬料即係去燒臘舖斬廿蚊叉燒、燒肉或者半隻燒鵝之類，我爸爸好有態度，佢從來唔會去燒臘舖買白切雞或者

豉油雞，佢話自己屋企做得到嘅嘢做乜要畀錢佢賺。有時佢
又會請我哋去街口間冰室食紅豆冰，以前啲茶餐廳其實係叫
冰室嘅，所以家陣玩番懷舊，啲茶餐廳又改番個名做冰室。
其實喺冰室嘅同期仲有一種冇苦茶飲嘅涼茶舖，有一種飲品
叫做火麻仁功效係滑大腸，我鍾意佢嘅味道多過功能，不過
最正嘅都唔係乜嘢涼茶，而係咖喱魷魚，唔好問我點解嗰度
會有咖喱魷魚賣，因為我仲細未識問問題只係識食。但係唔
係太耐呢種涼茶舖都已經式微，點解咁記得啲咖喱魷魚，係
因為嗰陣時啲發水魷魚嘅質地比今日嘅略為實淨，嗰陣時啲
人用嘅咖喱比較香濃，啲汁係杰撻撻掛喺啲魷魚上面，而唔
係水汪汪一鑊汁浸住，食過嘅就明白食味相差太遠喇！

　　講講吓，又醒起後來喺街頭擺賣刨冰嘅推車檔，有鮮榨
蔗汁同椰汁，我好鍾意睇住佢哋榨汁，然後順手就將啲蔗渣
同椰子渣丟入喺側邊嘅竹籮，當成個籮放滿晒，我睇見就感
覺好療癒。唔知有冇人好似我咁，每次幫襯都有種左右為難
嘅問題，因為蔗有黑皮同青皮兩種，味道略有不同，次次都
十五十六，就係咁最後飲椰汁算數，唔使煩惱。況且學爸爸
話齋自己屋企整到嘅做乜畀錢人賺，想飲蔗汁自己買碌蔗咬
咪得囉，但係個椰子你試吓咬畀我睇！所以我想加埋椰汁呢
個名入去囉！

學飲酒

　　世界各地近年對日本威士忌需求不斷增加，除咗部分品牌價格急升，亦出現海外烈酒冒充日本威士忌情況。日本酒業團體「日本洋酒酒造組合」為保障國產威士忌聲譽，收緊國產威士忌的定義。新定義下原材料使用麥芽產地不限，但只可以使用喺日本國內採集嘅水嚟製造，同時要喺國內嘅蒸餾所糖化、發酵同蒸餾，並裝入 700 公升以下嘅木桶，在國內儲存三年以上及在國內裝瓶，方可標示為「日本威士忌」。

　　日本都唔係剩係得威士忌享譽國際，佢哋用米做嘅清酒好多外國人都鍾意飲，由於用米做嘅關係，清酒個底蘊都係有三分甜，亦係咁好多女士鍾意飲佢，容易入口吖嘛。我鍾意飲清酒嘅理由有少少唔同，初出嚟做娛樂記者正值八十年代，香港人開始食日本料理，嗰陣時初出茅廬乜都唔識，當其時娛樂圈百花齊放，演唱會場數、電影票房、電視台收視率全部都不斷打破紀錄，連做酒廊歌手都搵到盆滿缽滿。當時嘅繁華盛世，炒股票嘅金融界就話魚翅撈飯，娛樂圈就興去日本料理食宵夜，我呢個嘅妹適逢其會，經常得到前輩又或者大歌星大明星請食消夜，就接觸魚生刺身呢家嘢喇，基

本上係人哋請客，嗰陣時啲錢容易賺，食親都會叫埋 sake，即係清酒，一路食一路飲，反正食消夜都係慢慢食慢慢傾。

主人家勸酒但係一班行家都係女性，一個二個話唔識飲、唔飲得、飲咗會面紅為理由，推得就推，反而我乜都好奇，飲咪飲，怕你呀！有一點我諗極都唔明，嗰陣時飲清酒係一小瓶一小瓶熱嘅，初飲直情覺得怪，乜酒都可以熱飲嘅咩？爸爸啲啤酒唔夠凍佢都情願雪多一陣，飲孖蒸又或者拔蘭地又都係室溫，熱嘅酒怪但係佢夠甜喝，夾埋啲刺身真係非常冇得頂。直至我飲到凍嘅同室溫清酒，先知道根本就有好多飲法，反而熱飲係我最唔鍾意嘅方法，嫌佢再甜咗，我鍾意辛口一啲。

最初飲清酒梗係唔知道原來 sake 分為八個等級，本釀造、特別本釀造、吟釀、大吟釀、純米酒、特別純米、純米吟釀同純米大吟釀，因為係人哋叫嘅人哋埋單，直至有一次去日本旅行要飲 sake，咁就頭痕啦，都唔知點叫好。搞笑嘅係我唔使錢飲嘅大部分都係純米大吟釀，但係偏偏呢一款係最貴嘅，惟有用價錢決定，揀咗枝吟釀就算。就係咁飲咗幾十年，終於識得分，所以家陣我周不時買啲平價清酒返屋企整清酒煮蜆或者鮑魚，再開番枝純米大吟釀慢慢歎！

打頭陣的麵包

　　2023 年，22 歲港將許龍一世界排名第 577 位，喺杭州亞運高爾夫球項目首三日一直高踞榜首，喺最後 18 洞抵住壓力，力克世界排名第 27 位的亞洲二哥任成宰，以總成績低標準 27 桿的 261，初戰亞運即在男子個人賽摘金而回，更是香港高球隊史首面亞運獎牌。而他與隊友張雄熙、黑純一及伍城鋒，亦同時在男子團體賽合力以低標準 50 桿的 814，摘下一面銅牌。另一方面香港男子足球代表隊相隔 65 年再度晉身亞運八強，憑翼鋒潘沛軒下半場初段接應安永佳二傳突擊成功，加上港將眾志成城堅守到底，最終以 1：0 勇挫西亞勁旅伊朗隊，創造歷史首闖亞運四強！

　　兩個喜訊都係牌面上輸梗嘅最後竟然係勝方，許龍一個金牌到咗手，但港足可唔可以再下一城殺埋入決賽，就要睇撰文後對住日本嗰場踢成點喇！都唔係淨止運動項目，好多嘢其實都一樣，就好似食麵包咁，有啲麵包舖裝修得骨骨子子，行過聞到嘅麵包香都夠吸引，外形賣相完全符合外賣協會嘅要求，但食入口咩，只可以含蓄啲講句：真係抱歉，只可以餵飽 IG，餵唔飽我個胃囉！

我成日都講笑咁講，如果食西餐上枱嘅麵包一唔對路嘅話，其他嘅都唔慌好食，可以即刻借頭借路走先。香港人食麵包主要分三個大類別，本地土炮、日本系同歐洲系，各有各好食。由香港快餐西餅月餅龍頭集團開嘅連鎖麵包店連餐廳，佢當年一開張就已經迷上，佢將美國當年好流行嘅餐廳概念移植嚟香港都接近二十年，係我經常幫襯嘅一間，鍾意行過聞到香，店舖設計舒適，麵包西餅蛋糕喺門口向路過嘅客人招手，由於九龍塘嘅商場有分店，方便我喺電台過去食晏，午餐無論係揀湯定係沙律都會跟塊麵包，主菜就有十款八款選擇，連一杯飲品，廿年前唔使一百蚊，家陣都係百三蚊咁上下，視乎你叫嘅係乜價錢會略有加減。自認一直都係死忠粉絲，直至撰文日的上個星期。

跟餐湯一齊上嘅麵包保持水準，但係跟麵包而嚟嘅唔再係牛油而係橄欖油陳醋？我當堂打個突，連去意大利餐廳食飯都要牛油嘅人有呢個反應係好正常，咁咪捉住個經理問點解，答案其實唔使問，係公司嘅安排，即係唔關佢事唔係佢嘅意思，其實我係想問點解要放棄牛油呢？牛油成本貴過油醋好多咩？我仲忍唔住話畀佢知，作為一個幫襯咗佢哋十幾廿年嘅客人對於呢個調動非常失望，佢話呢個安排都係最近發生，會反映畀公司知喎！咁唔爭在講埋畀佢哋知，欣賞佢

佢之前嘅牛油畀出嚟大細剛好，唔小器，而且軟硬度剛剛好唔係硬到搣唔到，配合埋塊麵包，同埋佢個餐嘅價錢，真係無得頂。呢個做得咁好嘅細節一下子消失，連帶我經常叫嘅松露忌廉有機糙米飯都失色，忌廉落得太重手，芝士又畀少咗，可能係換咗行政總廚啩，就係失咗色囉。哎！喺牛油同麵包呢件事上感受到月有陰晴圓缺，此事古難全嘅真正意思！

餐包

CNN 列出「全球最佳 50 種麵包」，按麵包獨特成分、代表性及進食的愉悅感揀選。名單不分排名先後，香港排包也上榜，原因是香港排包用上「湯種」技術，製成非常鬆軟、帶有牛奶味的甜包。其他上榜還有內地燒餅，外皮香脆內裡柔軟層次分明，可達十八層或更多；而北方燒餅更有鹹、甜選擇，款式多變。部分上榜麵包還包括：日本咖喱包、法國長棍包、加拿大蒙特利爾貝果和德國黑麥麵包等。

排包上榜實至名歸喇，雖然過往一講起香港麵包好多時都係菠蘿包雞尾包，其實都仲有好多其他好麵包㗎！排包係分外軟熟嘅，大人細路都鍾意，細路仔嗰陣對佢都已經情有獨鍾，仲有嘅係車輪包，一條圓柱體，之所以叫車輪包全因為佢嘅外皮有一坑坑嘅紋似一排車軌，麵包芯係有提子乾嘅。我食麵包只要見提子同芝士就即 like，所以車輪包同排包係不分勝負並排第一嘅！與此同時我又會畀另外一啲麵包吸引住，有冇食過硬豬？諗番轉頭其實係迷你法包，外皮焗完出嚟硬堀堀，麵包芯係煙韌嘅，食佢要費些少牙力，好奇怪呢一款係我由細都已經鍾意食，同牛油係絕配，完全唔適合配

果醬。由此發現麵包不外乎分軟硬，近年非常流行嘅酸種麵包都係屬於硬嘅。嗱，你試圖用手搣開佢，佢嘅外殼一定有麵包碎片留低嘅統統都係硬麵包，就好似法國長棍咁囉。

有硬豬自然就有軟豬，對於我嚟講，軟豬 aka 豬仔包，係一隻冇性格嘅麵包，食過冇乜特別談唔上鍾意唔鍾意，直接啲講，佢從來都冇上過我嘅麵包十大囉！惟有坦白啲講一隻隻嘅軟麵包向來唔係我杯茶，我食乜都鍾意有咬口。童年最渴望係星期日媽媽畀我哋揀上茶樓飲茶定去街口嘅所謂西餐廳食早餐，呢類嘅早餐即係煎隻蛋、火腿通粉、咖啡或茶，一般仲會跟一個餐包但容許客人轉多士，我通常都係轉多士，因為牛油果醬同多士配搭好得多，可惜次次都喺煎雙蛋上枱之前已經食咗塊多士，否則可以用嚟點埋剩低喺碟上面嘅蛋汁，唔使眼白白就咁嘥咗。

唯一會令我食晒個餐包，就係幫襯咗幾十年香港最出名嘅豉油西餐廳，佢哋跟餐上嘅餐包每次都令我食得好滿意嘅，雖然唔係佢哋個廚房自己出品，都係交貨嘅啫，但係品質保持得唔錯，搽牛油嘅時候就知道，搣落去會有回彈再大力啲壓落去就完全投降，扁晒。亦都因為間餐廳嘅裝修陳設、佢哋嘅菜式、一班見咗幾十年嘅伙計，都有一種懷舊風味，令

個餐包食起上嚟分外滋味，就係差咗個有多一張船飛都唔叫我一齊去嘅周慕雲㗎咋！不過我冇投訴，專心食餐包！

變奏冷麵

　　大埔林村愛丁堡公爵訓練營有 55 人懷疑因食物中毒報稱
不適，其後送院。據了解，深井一間基督教教會於訓練營內
舉行三日兩夜的露營活動，共有 73 人參與。眾人以即煮卡邦
尼意粉為晚餐，內含煙肉及奶油等，其中 55 人第二日朝早肚
痛、肚瀉等。其中 36 人送院，冇人需要留院，食物安全中心
亦派員到場了解。

　　夏天熱烘烘，雞蛋同奶製品喺食物入面容易變壞都已經
係常識嚟喇，但人類總要重複同樣的錯誤，冇計！人類啲智
慧係累積番嚟嘅，喺亞洲，唔同地方都真係有地方智慧㗎嘛。
中國係麵食大國，平日食嘅都係熱湯麵，但夏天就會食涼麵，
以上海冷麵最為優秀，白麵煮熟晾乾水加少少麻油等佢唔好
黐埋一嚿，再放雞絲、火腿絲、雞蛋絲、青瓜絲，然後加入
事先調校好味道嘅醬汁，材料有花生醬、鎮江醋、豉油、麻
油，最後撒少少白鑊炒香過嘅芝麻，咁就成事。唔係講笑，
真係食得好暢快。

　　韓國冷麵有好多種，不過大家最經常食到嘅一定係碗麵

入面有冰嘅嗰款，用牛肉牛骨熬出個湯底，加蕎麥麵，上面
再加入幾片牛脹、半隻焓蛋同最最重要嘅雪梨絲，最後就係
加入碎冰。第一次食嘅時候覺得韓國人幾搞笑，又會喺碗湯
入面加碎冰嘅，咁啖湯畀啲冰稀釋咗咪唔夠味冇咁好飲囉？
點解仲要用湯做麵咁好笑嘅？即使係咁，食完碗碎冰麵個人
真係降咗溫，呢吓唔係講笑。仲一定要讚韓國人又諗得到將
佢哋夏天當造嘅水梨切絲放埋入去，甜甜哋又爽口，除咗減
低咗個湯同嗰幾片牛脹嘅羶味，亦都有陣消暑感，抵讚！

　　日本人嘅冷麵就最得我心，乜嘢餸料都冇，真係純食麵，
有蕎麥麵同稻庭烏冬兩種，配一個鰹魚、昆布、味醂煮成嘅
汁，簡單純粹。我係稻庭烏冬嘅忠粉，鍾意佢有啲煙韌，總
之凡有咬口嘅都得我心，呢樣嘢係我唯一會喺屋企整畀自己
食，材料得兩種，唯一嘅工夫只不過係麵煮好之後加入冰水
度降溫，兼將麵條保持狀態，晾乾水放入雪櫃雪凍就食得，
相當簡單。曾經喺台北食過我最滿意嘅一碗冷麵，台灣人叫
烏冬做烏龍麵，嗰間麵店本身做素食，所以佢真係以自家人
手打嘅烏龍麵做招牌，佢嗰款冷麵係自家製粗條嘅烏龍麵加
一隻溫泉蛋，將溫泉蛋同個汁一次過倒落碗麵度，然後撈勻
佢，蛋汁亦都變成麵汁，令到原本已經夠晒煙韌咬口十足嘅
烏龍麵再添味美，係我每次去台北必食嘅。可惜食咗好多年

之後有一日忽然唔再食得到，我梗係追問點解呀！因為老闆要徹底做到全素，惟有連蛋都唔再提供。只有偶然喺自己個味道庫存入面回味一下，再嗒真啲！

臭美食

　　根據日媒報導，發酵專家小泉武夫透過臭味檢測儀器 Alabaster，測量出世界上前十臭食物，第 1 名毫不意外係瑞典的鹽醃鯡魚，臭位單位 AU 高達 8070，遠超過第 10 名臭豆腐的 420AU 二十倍咁多！完整排名由第十位數起，順次序為臭豆腐、醃蘿蔔鹹菜、臭魚乾（未烤）、納豆、鮒壽司、臭魚乾（新鮮出爐）、醃海雀、Epicure 芝士、洪魚膾同埋鹽醃鯡魚。至於大家心目中臭到冇朋友，打完棒球著過嘅臭襪真係排第 11 位。

　　呢張臭食物名單入邊，我只係食過臭豆腐、納豆同美食芝士三種。香港人口口聲聲話自己去日本係返鄉下，如果要界定點先至係日本人，咁條界線應該係你食唔食納豆先？講真我係完全頂唔順第 7 位嘅納豆，由氣味質感同咬口無一樣係 ok。當年我只係食咗一啖都幾乎想即刻吐番出嚟，但係太核突，惟有夾硬夾一大嚿飯塞入口勉強吞落肚，從此各走各路互不相干，對我嚟講佢係極度惡劣食物，如果因為咁做唔成日本人嘅話，我都心悅誠服唔會上訴。

　　至於第 10 位臭豆腐，喺我心目中根本係絕對嘅庶民美食，童年嘅街頭美味。幾十年前啲小販用擔挑擔住兩個箱去開檔，一邊係火水爐同隻鑊，另一邊係醃好咗嘅臭豆腐，小販開檔係先透火煮滾鑊油，然後炸啲臭豆腐，嗰浸味隔三條街都聞得到。聞落去臭咋，但食入口，尤其係有埋甜醬，真係銷魂蝕骨。對於我嚟講，食臭豆腐最大嘅煩惱唔係臭，而係熱得滯個人又心急，總係忍唔住即刻咬，往往就會炳親條脷，領過嘢就醒目，會咬開少少，等嚿豆腐中間嘅熱氣散快啲，自然就可以快啲食入口，佢酥脆嘅外皮軟熟嘅內心，只係一小嚿，已經可以滿足一個下晝。

　　至於 Epicure 芝士，顧名思義係美食芝士，我理解為 blue cheese 藍紋芝士。一般人都接受唔到藍紋芝士，其實呢啲食物嘅所謂臭味，都係來自食物經過發酵所產生出嚟嘅，係咪真係臭呢？就見仁見智，接受到嘅直情覺得佢香啄啦，好似臭豆腐每次去台灣都會食蒸臭豆腐，好多香港人唔習慣都係情願食番炸嘅臭豆腐，我就冇所謂，兩樣都好食。至於藍紋芝士就冇咁好彩，欣賞佢嘅香港人唔算多，好似我每次準備芝士招呼朋友，通常都會買三至五種不等，brie 同 blue cheese 係一頭一尾，中間會有硬芝士，唔知點解每次食剩嘅都一定係藍紋芝士，不過我心裡面暗暗叫好，就係好嘅留番畀我，thank you 晒！

鍋貼

國家主席習近平在第三屆「一帶一路」國際合作高峰論壇歡迎宴會致祝酒辭，他表示，共建「一帶一路」走過了第一個蓬勃十年，正值風華正茂，務當昂揚奮進，奔向下一個金色十年。中方將統籌推進標誌性工程「和小而美民生項目，中國國家開發銀行、中國進出口銀行將各設立 3500 億元人民幣融資窗口，絲路基金新增資金 800 億元人民幣，以市場化、商業化方式」支持共建一帶一路項目。

我嘅焦點就梗係唔會放喺高峰論壇期間舉行的企業家大會，或者達成了 972 億美元的項目合作協議，我關心嘅都係飲飲食食，見到習主席喺人民大會堂設宴招待出席高峰論壇的貴賓晚宴菜單，只係見到中文嘅部分，好可惜成張菜單係橫排嘅，中文字應該用直排，由右至左。呢一方面日本人當年向中國學習漢字之後，真係保留得好，食過懷石料理嘅都見識過嗰張手寫書法字嘅菜單，就係由右開始全直排嘅；所以呢張印刷出嚟嘅菜單，睇到我握腕三嘆。唉！

嘆完氣再睇番究竟習主席請有份出席嘅俄羅斯總統普京

食乜，開胃嘅冷盤打頭陣，但係冇寫清楚究竟係乜嘢；然後係熱葷，全家福又唔知係乜；然後有沙葱牛肉、北京烤鴨、雜錦鮮蔬，單尾有冰花鍋貼同蟹黃燒麥；甜點就係天鵝酥、象形枇杷、水果、冰激凌，當然唔會漏咗咖啡或茶。而酒水方面就有河北出產嘅紅酒、嚟自北京嘅白酒，以及世界知名嘅貴州茅台。我最冇意見係北京烤鴨，因為係最上得枱面非常可口兼人見人愛嘅一味菜，況且歐洲人對鴨一啲都唔陌生。

　　成張菜單最吸引我竟然係單尾嘅冰花鍋貼，真係睇到個名都已經流口水囉。雖然我唔係上海人，但係好多人都誤會我係，事實上我呢個廣東妹係食鍋貼大嘅，童年時山道口下畫就有兩夫婦推架木頭車出嚟開檔，佢哋唔多說話，因為佢哋係廣東人口中嘅「老兄」，即係上海人，佢哋啲鍋貼全部現場包即時煎，每一次大概幾十隻密質質鋪滿嗰隻直徑大概兩呎嘅平底鐵鍋，然後上蓋，每隔一段時間就會睇吓啲鍋貼嘅狀況，有時又會加吓水，等到時間夠喇，當佢打開蓋，嘩！嗰種香味真係方圓一哩都聞到，令人垂涎欲滴，煎嘅鍋貼底部都煎到略深嘅金黃色，入口一咬全部係肉汁。記憶中一份係三隻，我拎住隻雞皮紙袋已經忍唔住一路行一路食，好多時啲肉汁熱到炳嘴要呼氣散熱，未行到返屋企已經食晒，距離只有百五公尺㗎咋！所謂冰花鍋貼，係將隻包好嘅餃子排

到好似雪花，煎好之後將底部朝天，望上去似朵雪花咁啫，所謂鍋貼係將餃子放鍋上煎咁解，淨係聽個名見到嗰兩隻字都已經見到金黃色嘅底部，忍唔住吞口水喇！

韭黃芝麻不可少

一名男子網上發文，表示光顧機場內一食肆，他點了一碗 97 蚊雲吞水餃麵同一杯凍鴛鴦，已盛惠 127 元，埋單時仲發現食肆另收 6 元茶錢，而佢只係用杯茶嚟洗筷子，再加上服務費，全單合共 146.3 元，價格之高令佢強調自己有主動叫茶，唔通係強迫消費定係食肆當自己係酒樓？最令呢位顧客崩潰嘅係上菜時卻發現沒有韭黃！

既有雲吞又有水餃嘅雙拼，好難話貴唔抵，但係冇韭黃就乜都唔使講，梗係唔收貨喇！任何食物都係有一定嘅規格，就好似打麻雀咁，點為之清一色、混一色、大四喜、小四喜都係清清楚楚，唔會含含糊糊。香港人食嘅雲吞麵係源自廣州，而雲吞麵世家入邊最有名氣嘅係有雲吞麵之父稱號嘅麥煥池。根據記載，一個世紀前佢喺廣州已經有八間雲吞麵店，實力唔使懷疑，今日喺香港講得出有名氣嘅雲吞麵唔係佢嘅後代就係佢嘅徒弟，即係話都係來自佢呢一個派系啊。佢出品嘅細蓉一律係九錢麵、四粒雲吞、一殼湯，從此亦成為咗雲吞麵嘅標準。

香港美味

　　我嘅童年印象雲吞麵係入黑後我哋食完晚飯，一個中年大叔擔住擔挑喺我屋企門口擺賣，偶然爸爸會叫二哥拎個啷口盅去買返嚟當消夜。嗰個年代如果要買外賣都要自己帶容器嘅，有人拎碗有人拎個煲仔，我屋企就興拎個搪瓷啷口盅，因為屋企冇適合嘅煲仔，買熱嘢碗又焫手，啷口盅最好因為佢有個手柄囉。一個細蓉得嗰兩箸麵四粒雲吞點會夠分，結果係分到兩條麵、半粒雲吞㗎咋，嗰半啖真係可以回味無窮，當時嘅雲吞係用河蝦包嘅，食入口除咗鮮美都冇第二個形容詞，但講到難忘嘅反而係嗰幾條韭黃，因為我問極爸爸講極我都唔明究竟韭黃係乜嘢？最後爸爸只係講咗一句，好矜貴㗎！我就收咗口！

　　韭黃其實就係生長過程中冇曬到太陽嘅韭菜。由於生產工序比較麻煩，在清朝咸豐皇帝時代仲係貢品，被稱為「貢韭」。大家都知道韭菜嘅味道比較強烈，偏偏韭黃只有淡淡嘅香氣，而且十分柔軟，同雲吞麵嘅湯頭配合得天衣無縫。咁重要嘅一個環節都會缺失？正所謂見微知著，嗰碗雲吞水餃麵好食有限，仲要賣咁貴就梗係罪加一等喇。我成日去嘅灣仔克街嗰間街坊美食小店，佢嗰碟招牌煎腸粉加蛋，蛋香腸粉焦脆，上碟必加麻醬同撒一浸芝麻上面，呢碟嘢賣廿零蚊，仲要無偷工減芝麻，呢啲咪就係規格囉，抵我一得閒就去食，食極都唔厭㗎呀！

布拉腸粉

　　七萬四千人參加「香港馬拉松 2024」，最受矚目嘅就係以 2 小時 26 分 08 秒完成半馬賽事、68 歲嘅周潤發。賽後發哥受訪時表示沿途有教練陪同，其他跑友幫忙開路，西隧路段雖然大風，但不算困難，惟上斜時較辛苦，要有耐性。對比去年嘅港珠澳半馬成績其實快咗成分鐘算係 PB，但時間比預期目標慢了 4 分鐘，佢個人唔滿意但總算有交代。他仲透露食咗飯團和雞蛋做早餐，比賽完就想吃腸粉同碗仔翅。

　　我冇參加過馬拉松，但以我參與過嘅運動嚟講，比賽前嘅飲食應該要好小心，唔食又驚唔夠體力應付，食得多咩又驚影響表現，就係咁恰到好處咁食少少確係唔容易。雞蛋永遠係最好早餐，蛋白質就係最佳嘅體力補充劑，當然點煮都有學問，白焓蛋都分全熟蛋、流心蛋、溏心蛋、茶葉蛋同熏蛋；煎蛋又分荷包蛋、太陽蛋，另外仲有班尼迪克蛋同埋家陣好流行嘅雲朵蛋。相信發哥平日咁務實嘅作風，食嘅會係白焓蛋，仲要係全熟嘅。

　　我喺石塘咀長大，童年、少年、青年歲月嘅回憶全部喺

嗰度，當年有一座高級公務員宿舍寶翠園依山而起，上面入口喺薄扶林道，下面入口就喺南里，後來改建豪宅。係呀就係家陣連名都冇改嘅寶翠園，當時就喺南里個入口側邊有一個搭出嚟嘅粥檔，一個人負責粥嘅部分，另一個就負責拉腸粉，仲有個專門炸油炸鬼、牛脷酥。

講到腸粉，最鍾意睇布拉腸粉，個負責人呢頭一殼米漿倒落嗰個鋪咗塊布喺底嘅金屬盤，然後撒葱花同蝦米上去放蒸爐，嗰頭就拎煮熟嘅另一盤出嚟，用一個特製唔係太利嘅金屬切刀刷刷刷切三刀，然後直接喺塊布上面拉啲腸粉出嚟，係咁意搓一吓就成形，嗰種手到拿來又唔怕熱嘅表現一直吸引住我。當時嘅腸粉只有兩種，乜都冇同葱花蝦米兩種，一底腸粉四條，一般係兩條一碟，切開之後落豉油落埋白芝麻就上枱，甜醬辣醬自己落，嗰種即製嘅溫度同柔軟度絕對唔係家陣嗰啲交貨嘅可以比擬。如果你今時今日去粥檔食見到有炸兩，唔好多諗，叫番碟先喇，因為包住條油炸鬼嘅腸粉一定要新鮮拉出嚟㗎囉！

好嘅腸粉要薄要滑要夠米味，薄係一眼就睇得出嘅，因為夠薄自然就有種透明感，好似啲細路女塊面咁吹彈得破，冇得呃。試過喺內地食布拉腸粉，但佢哋切開之後唔係搓一

吓捲埋一條，而係將佢推埋一堆似個小山丘，由於夠薄食入口一樣滑挣挣，相當難忘。如果食炸両就肯定睇得出，因為塊腸粉要包住條油炸鬼，夠薄嘅話就好似用咗 0.01 安全套咁只有一層薄膜咁，厚嘅話就好似用張棉胎包住，乜都見唔到喇。入口滑係第二步，然後先輪到夠唔夠米味。嗰啲蝦腸、叉燒腸、牛肉腸、豬膶腸，全部都係上茶樓先至有得食，唔知係咪我乜鬼都鍾意食原味，有得揀我都係揀番葱花蝦米腸。有人認為腸粉終極嘅靈魂係醬料，甜醬辣醬麻醬，但係我反而認為係消失咗嘅芝麻囉。講真嗰一浸芝麻幫手增加嘅香氣同口感，完全唔係落麻醬就可以取代囉！係喇！邊度仲有呢？

脆麻花同蛋散

　　沙頭角禁區 2024 年頭實施第二階段開放，特首李家超主持啟動禮後，先到海味街參觀及與檔主交流，並以約 100 元購買米通、茶粿及蘿蔔粄。沙頭角在元旦日起實施第二階段開放，遊客在申請禁區證後，可到訪中英街外整個邊境禁區，每日最多 1000 名旅客入內觀光，包括每天 700 名旅行團旅客及 300 名個人遊旅客名額。在 2022 年 6 月實施第一階段開放後，錄得逾 860 個旅行團、近 3.4 萬名旅客到訪沙頭角。

　　相信大部分香港人都未去過沙頭角，我都唔例外，但係喺我成長嘅年代有一個好流行嘅歇後語竟然同沙頭角有關，有番咁上下年紀嘅都一定聽過，就係沙頭角村長個女——李愛。其實當時沙頭角村長係咪姓李我都唔知，如果係真有其人嘅話，一方面都戥李小姐尷尬另一方面就戥佢驕傲，從未露過面，但全港香港人都識喎！過往我對沙頭角嘅興趣僅限於村長同佢個女，但因為蘿蔔粄呢個我未見識過嘅食物，即刻有啲興趣。

　　蘿蔔粄個「粄」字係米字旁跟一個相反個反字，讀本，

同米通、茶粿一樣都係客家小食，呢味嘢莫講話食，其實連聽都未聽過。上網搵資料，維基百科係咁寫：蘿蔔粄係屬於客家風味的冬至食品，各地做法有所不同但大同小異，都是將蘿蔔切絲和臘肉、香菇、蝦米、花生、葱等配料做成餡，包到糯米糰入面，一般是做成餃子形狀，或者根據自己的口味與其他材料一起做成各種形狀，可以蒸、水煮和煎，齋睇相確係幾吸引吓！

但係年近歲晚，令我諗起另外兩種好多人食咗成世都未必知道原來都係客家小食嚟嘅，就係過年好多家庭都會準備嘅煎堆同炸油角即係角仔。童年最佳回憶莫過於過年前一個禮拜，屋企嘅婦女即係媽媽同阿嫲會同隔籬屋師奶一齊整過年食品，包括蒸糕，甜嘅有年糕、馬蹄糕，鹹嘅有蘿蔔糕同芋頭糕，又會炸煎堆、角仔同脆麻花。我講嘅脆麻花係用南乳做主要調味，麵糰搓好壓成一幅布咁樣，用刀仔切出一吋乘兩吋長條形，再喺中間剘一小刀，再將兩端穿過中間條罅就成為咗麻花造形，炸出嚟金黃色但入口鹹香。我記得咁清楚係因為將兩端穿過呢個小工序係媽媽唯一畀我幫手嘅部分，包唔會出錯。有啲人混淆咗蛋散係脆麻花，蛋散同脆麻花分屬兄弟，不過佢要喺麵粉度加雞蛋搓成粉糰，然後切成一塊塊但尺寸大一倍，炸到淺黃色就撈出嚟，攤涼少少就可以淋

麥芽糖上面食得。一個食鹹一個食甜,一個大隻一個細隻,其實都唔難分嘅,有冇心啫!正如整都唔係難,又係有冇心咁解啫!

熟食中心的羊腩煲

2023 年區議會選舉，電子選民登記冊系統於晚上 7 時 42 分出現問題，系統後台數據庫有異常，影響所有票站，間歇性地未能比對數據；選管會 15 分鐘內未能查明原因，即時啟動後備方案，所有投票站已於 8 時 12 分開始轉用正式選民登記冊印刷本發出選票，投票時間相應地順延至凌晨 12 點。晚上 7 時半，地方選區投票率為 24.53%，有逾 106 萬人投票，投票率較 2019 年區議會同時段的 63.65% 低；亦較 2021 年立法會選舉的 26.49% 低。

星期日應該係最放鬆心情最閒適嘅一日，因為係假期最後一日，全世界嘅打工仔星期一都要起身返工，一般都唔會玩得太夜驚唔知醒吖嘛，所以節目唔會排得好滿令自己好有壓力。我好怕同人逼，所以甚少星期日去睇戲，偏偏有套等咗好耐同朱古力有關嘅戲竟然有特別場，我連電影大綱都冇，淨係見到個名已經即刻投佢一票，最怕過海嘅我為咗先睹為快要去旺角睇都殺，我都估唔到自己會咁揀，就係咁用最輕鬆嘅心情睇咗呢一齣令人賞心悅目嘅戲，不枉我專程過海。

　　原本計劃好睇完戲過番海去明年就結業嘅天台餐廳飲下午茶，點知醒起自己就喺花墟對面，自從啲商販唔可以再將啲花擺出街，我都冇落去過，一場嚟到就殺埋落去睇吓花都係好嘅，反正天台餐廳出年先至結業，仲有時間去番轉。呢幾年學識一樣嘢，就係計劃往往跟不上變化，惟有隨遇而安。由亂入治嘅花墟同嗰啲濕街市一樣，路面闊落咗，地方企理咗，行起上嚟舒服啲，但係偏偏冇咗之前擺到一街都係嘢嘅嗰種活力感，適得其反冇晒啲氣氛，有種冷清。仲有兩個禮拜就係聖誕節，過往一街都係聖誕樹好有氣氛，但係今年淨係見到店舖入面當眼處嗰啲小型聖誕樹、聖誕花、聖誕花環，大少少嘅聖誕樹都見唔到，商販話因為擺唔到出嚟，今年生意都差咗！行咗呢一轉，如果有得投票，我想保留逼逼夾夾熱熱鬧鬧囉！

　　睇完戲行埋花墟即刻要趕返屋企餵貓，朋友建議不如一齊食晚飯，既然返到跑馬地就無謂又走去第二度食嘢，朋友好明顯等緊我建議，都明嘅話晒係我主場吖嘛。近年一到冬天我最想食嘅除咗打邊爐就係羊腩煲，咁啱黃泥涌市政大廈 2 樓熟食中心，一出轆轉右嗰檔嘅羊腩煲性價比好高，我同個朋友講羊腩連個煲字都未講完，佢已經 up 晒頭，我塊面即時閃出光芒，你知啦兩個人食飯最難搞，大家咁高咁大如果對

方唔想食，咁一人一票要游說佢畀咗佢手上嗰票我，係十級難度再加冒險分。好彩羊腩煲加茼蒿菜，再整多碟麻辣魚皮，我哋食得相當滿意，連白飯汽水一人唔使兩舊水，睇嚟羊腩煲可以繼續連任直到永遠！

中環牛什

2023 年尾政府推出一系列「香港夜繽紛」活動，旅發局當時稱正與當局商討研究如何提升廟街夜市氛圍細節。油麻地廟街販商商會主席陳錦榮表示，廟街夜市每日營業至晚上 11 時，會增設約二十個熱食攤檔，當中八檔為鄰近知名食肆，會售賣糖水及牛什等美食，商戶無須繳付額外租金，但由於居民關注噪音問題，商會會聘請兩至三名工作人員在晚上約 10 時起巡邏，提醒旅客及食客說話「細聲啲」，商戶須攤分支出。

設身處地如果酒酣耳熱、觥籌交錯之際，有人走埋嚟叫我細聲啲，咁掃興嘅事只有引發兩個後果，斯文嘅會敗興而回以後唔再幫襯，躁底嘅肯定會開佢拖，初則口角繼而動武係常識吧，呢個氛圍擺明係畀好事之徒酒後鬧事嘅絕世好機會。其實做乜要廟街做樣板街呢？百思不得其解。講真推牛什畀遊客係乜嘢玩法，外國人對內臟嘅興趣有咁高咩？即使大家都食內臟，喺台灣同內地都冇見過牛什，反而喺東京銀座就食過，相當出色噃。印象中意大利人會食牛肚，米蘭人會將金錢肚炸嚟食，同樣都係金錢肚，佛羅倫斯人就會拎去

炆煮，呢兩味嘢唔使搭飛機去意大利，搭車去擺花街同堅道就食得到。

　　我對內臟從來只有好感係因為從細見到大食到大，好彩嘅係當年啲小販有本事將呢啲下欄嘢煮到變平民美食，發展到今日都唔係平價食物，由於買少見少，反而物以罕為貴咗㗎喇！若果要推一間畀旅客，就一定係推中環吉士笠街開喺斜路嗰檔大排檔，因為佢係最最最原始，綠皮嘅大排檔喺香港已經所剩無幾，仲要開喺斜路，單係造型已經味道十足。要食都要有啲技巧，就係要紮住個馬坐喺斜路上面，熱天會食到背脊出汗，冬天又要抵受寒風吹，幾十年嚟都咁受歡迎，就係實力嘅表現。

　　一般牛什都離唔開肺、腸、胃同胰臟呢幾個大部位，奇就奇在肝臟同心臟竟然唔入流。但中環呢檔大排檔除咗呢啲主流部位，仲有一個部位係牛嘅喉嚨組織叫脆骨，有機會一定要試吓，食過就知味道。只不過去幫襯都要有攻略，因為好多部位賣完就冇。以我嘅經驗，佢 11 點半開檔，一定要係頭五位嘅客人先有機會食到一啲刁鑽嘅，好似牛沙瓜同脆骨，不過最近再要複雜啲，由於有小紅書推過，多咗內地旅客幫襯，好多時 11 點半賣到 2 點已經唔夠嘢賣，惟有小休到 3 點

後，等啲牛什牛腩都炆得夠時間夠腍先至賣畀客人，係老闆永哥一直堅持嘅態度。不得不提係佢哋雖然唔係賣辣椒油，但佢哋自家製嘅辣椒油都係一絕。

最恨柴魚花生粥

　　2023 年特首李家超發表施政報告，為鼓勵市民生育，增設新生嬰兒兩萬元獎勵金，當天或之後有新生嬰兒的家庭，輪候公屋時間可減一年等。有傳媒訪問育有一名 15 個月大兒子的黃小姐，她表示兩萬元不足以幫補育兒開支，而且認為生育與否的決定在於愛，不是錢的問題，除非派二百萬就話啫。而發表施政報告前一日與外籍女友註冊結婚的黎先生則稱，無意因鼓勵生育措施而生小孩。

　　生育率下降係發達國家以及平均受教育高嘅國家嘅煩惱，證明香港喺呢方面已經係相當發達吓。香港政府喺 1975年為咗勸喻市民減少生育，成立家庭計劃指導會，教育男士女士唔想生咁多可以做結紮手術永久節育。平面廣告有口號「一個嬌兩個妙三個扎扎跳四個斷擔挑」，電視廣告仲有首歌嘅喺：「兩個就夠晒數，兩個就夠晒數，生女也好生仔也好，兩個已經夠晒數，無謂追，無謂追，追得到也未必好，追唔到生壞肚，兩個已經夠晒數！」相隔 48 年，政府已經要用錢、用縮減公屋輪候時間吸引市民生育，你話係咪世界變啦？

　　喺我成長嘅年代，一般家庭閒閒哋都生幾個，少則三個，平均五、六個，多則十個或以上㗎。家陣一個起兩個止，有人生三個就一定畀人話：「嘩！乜生咁多呀！」以前啲人覺得生仔係天經地義嘅事，啲細路天生天養，好多人小學畢業就出嚟搵嘢做，幫輕家庭經濟壓力。家陣諗番轉頭都真係佩服當年所有父母有咁嘅勇氣，話生就生啲細路好似會自己大咁。以我屋企為例，父母祖母連我哋五兄弟姊妹一家八口，食一餐飯要準備嘅嘢都真係唔少，用今日嘅講法咁多細路係會食窮人㗎嘛，所以我細個嘅時候從未試過一個橙自己食晒，一人分到兩、三 kai 㗎咋，食西瓜開心啲，反正都唔會一個人食得晒一個囉！

　　有時都唔知係我媽媽鍾意食粥、食麵多啲，定係因為煮一大煲粥、一大煲麵平啲呢？屋企經常喺週末嘅晏晝食呢啲，粥嘅種類唔多，來來去去都係柴魚花生粥、皮蛋瘦肉粥又或者菜乾豬骨粥。我鍾意食粥，但係食多咗之後，我心裡面評價柴魚花生粥係窮人先會食嘅粥，嗰啲柴魚真係好柴，花生對煲粥冇乜幫助，成件事得嗮粥有啲鹹味，最後好似係為咗食胡椒粉咁，幾咁冇癮。皮蛋瘦肉粥就唔同，啲皮蛋煲到溶溶哋食入口好柔軟綿密，嗰種質地與別不同。菜乾豬骨粥，至少都有啲豬骨可以吮吓吖嘛！唔係講笑，呢個食物童年陰

影一直都存在，大到好似《英雄本色》入面嘅發哥，發咗毒誓唔會再畀人用槍指住個頭咁，有自主權之後無論如何係唔會再食柴魚花生粥㗎喇！

數字骨

　　漁護署巡查元朗流浮山一個持牌豬場，並從三十二頭豬隻採樣檢測，其中十六頭對非洲豬瘟病毒呈陽性，署方根據應變方案即時銷毀場內豬隻，並禁止該豬場運出任何豬隻至另行通知。漁護署表示個案不會影響本地屠房運作及整體活豬供應，亦即時通知所有本地豬農，並已派員巡查有關豬場三公里內的其他三個豬場，無發現豬隻健康有異常，而且非洲豬瘟不會傳染給人類，故不會構成食物安全風險，豬肉煮熟後可放心食用，市民無須擔心。

　　唔知有幾多人好似我咁支持本地農夫專揀本地豬嚟買呢？雖然漁農處叫我哋唔使擔心，乜都冇受影響，但我不期然都有種挫敗感，惟有轉而買進口豬。進口豬當中我嘅第一位同袁國勇教授一樣只有丹麥豬，因為歐盟國家當中丹麥規定，農民必須有獸醫證明才可購買抗生素作治療用途，獸醫及藥房也必須定期匯報出售紀錄予相關政府部門作監管。只不過丹麥豬唔係想買乜嘢部位都有，喺香港見到豬肉片較多，係我打邊爐嘅首選，如果想整第二樣就冇咁方便。

　　身為華人最令人驕傲亦都最令人煩惱嘅，就係一隻豬食得太盡，唔同菜式都要指定部位，唔似西人，食來食去就係吉列豬扒、煎煙肉，我哋煲湯要買西施骨，梅菜扣肉要豬腩肉，南乳炆豬手，紅燒元蹄，糖醋骨，「忽忽」都唔同，問你死未！如果有人知邊度買到丹麥一字骨，麻煩通知聲，我舉定手。因為我有一道拿手名菜數字骨，就係用肋排做嘅。肋排顧名思義就係豬嘅肋骨位，所以會見到一排排嘅骨，凡有骨嘅肉都會油脂充沛啲，用嚟整慢煮菜式係分外適合嘅。

　　所謂數字骨，係我中學時期嘅體育老師 Miss Ding，有次喺我哋排球隊贏咗比賽，佢請我哋去佢屋企食嘢，其中有一味排骨酸酸甜甜好好食，我起勢問究竟係乜嘢，點解未食過？廣東人食排骨，上茶樓食點心都有豉汁蒸排骨，但 Miss Ding 係上海人，所以十幾歲嘅時候我係未食過外省人整嘅排骨，數字骨其實係糖醋骨。佢當時話好易整，我仲諗住抄低個食譜，佢話唔使包我記得，果然，我返屋企試吓煮，真係毫無難度。咁我都姑且講畀大家聽，有興趣不妨試吓：一斤骨，呢個係斤兩嘅斤，先氽水，然後調味，以下嘅羹係湯羹個羹，一羹酒、兩羹醋、三羹糖、四羹豉油、五羹水，先煮到大滾然後細火煮到收汁，最有難度係臨近收汁因為冇乜水分，得番啲油好易會煮燶，就係咁啫，食過嘅朋友都讚口不絕，唔係我叻，係易煮到近乎零出錯咁解啫！

香港第一手信

　　早前泰國男神 Win 主演的電影《Under Parallel Skies》喺觀塘舉行世界首映,有數百粉絲現身支持,逼爆商場,場面熱鬧;Win 表示很開心和榮幸來港出席首映禮。該片於 2023 年 6 月在香港拍攝,分別在坪洲、九龍城和大澳等地取景,說到在港拍戲,Win 表示很喜歡坪洲,覺得地方平靜舒服。至於手信,Win 會買豬肉乾。

　　講到買手信,對於我嚟講,手信應該係同食有關嘅!話說媽媽當年由廣西輾轉經澳門先嚟到香港,喺澳門認識咗一家人投契到要上契,所以一年到晚,媽媽會去澳門探親飲宴奔喪乜都齊,有時佢自己去有時會帶埋我。每次去澳門我哋幾個細路就非常期待,因為媽媽一定會買啲嘢食返嚟,譬如杏仁餅、雞仔餅、蛋卷、花生糖、三千年開花三千年結果呢一類。啊!仲有一樣叫牛耳嘅,唔知大家有冇食過?係一塊形狀好特別,呈波浪形,有明顯深淺兩種顏色製造一個漩渦圖案,帶有南乳味嘅餅仔,當年我好奇問過點解叫做牛耳,媽媽話塊餅似牛耳囉,而我係未見過真正嘅牛,就信以為真,大個咗先至知道,其實佢係因為中國人嘅意頭要守執牛耳,

所以佢先至叫做牛耳㗎咋。只不過牛耳算係我第一樣唔鍾意食嘅手信，因為佢硬崛崛咬到牙都崩咁滯，通常食晒其他手信冇得食先攞塊食吓，久而久之媽媽都見到佢唔受歡迎，亦都冇再買啦！

做細路嘅好處係有好多初體驗，偶然有機會去啲偏遠嘅地方，好似鯉魚門、流浮山食海鮮，除咗食海鮮仲有好多手信買，譬如花生糖同豬肉乾，當時呢兩樣係我最喜愛嘅手信第一位同第二位，啲豬肉乾又厚又甜而且一啲都唔乾，牛肉乾先至真係乾吖嘛。呢啲豬肉乾最大嘅好處係咬一啖要嚡好耐先食得完，好襟食。至於花生糖其實一樣，只要係糖就受細路仔歡迎，當年嘅花生糖分軟硬兩種，我係一個比較麻煩嘅細路，有得揀會揀軟嘅，所謂軟其實係糖嘅狀態，咬落去煙煙韌韌舒服過咬死實實嘅硬糖，不過花生軟糖應該比市場淘汰咗，因為已經好多好多好多年冇見過！

只有一樣手信係由細到大都鍾意從冇放棄過嘅，就係蛋卷，食得多先知道蛋卷都會有唔好食嘅，就係冇蛋香得個甜字仲要捲到死實實嘅，都食過唔少，所以抵北角嗰間每日限量推出顧客限購嘅老字號威威，佢嘅出品真係食過咁多入面最優秀嘅，如果論香港手信，我會推舉佢，只不過條龍長到咁，點樣先買到呢？

一人火鍋

寒流襲港，氣溫驟降，撰文前一日市區氣溫更錄得 6 度低溫，有傳媒走訪多區街市，其中在九龍城街市見有不少市民正選購火鍋食材，有豆品店老闆指生意比平時增加近一半。市民陳先生表示，平日不常打邊爐，但因天氣特別寒冷，妻子提議在家中打邊爐，所以到九龍城街市買餸。他花了逾 200 元購買牛栢葉、魷魚及各式丸類，最重要是購買「主角」牛肉，準備回家一家圍爐享用。另外，九龍城街坊黃小姐則預計，會消費 500 元購買食材。

一年四季問到食乜好，打邊爐永遠係我嘅首選，最衰我係獨居老人，一個人喺屋企打邊爐有一定難度，真係好恨打嘅話日式火鍋其實係幾好嘅選擇，日式火鍋主要分兩種，第一種叫做 sukiyaki 壽喜燒，材料係牛肉、大葱、豆腐、菇菌類、蔬菜、蒟蒻。放嚟新鮮嘅牛油即係牛嘅脂肪去開鑊，然後放豆腐、菇菌燒到有啲顏色就加燒汁，再放蒟蒻和蔬菜煮到滾，牛肉容易熟最後放就啱㗎喇。呢味嘢好易整，要買嘅材料去日式超市一站式買得齊，只不過我硬係嫌佢個汁太甜，自己調味可以控制甜度，未嘗不可。調味料好簡單，日本醬

油、味醂、清酒、糖同埋水，當然呢味嘢，加埋一隻日本可以生食嘅蛋同一碗飯就冇得頂喇！

另一款日式火鍋就係 shabu shabu 涮涮鍋，材料同壽喜燒一模一樣，只係壽喜燒係用汁煮，涮涮鍋就係用湯煮，而且個湯好清得柴魚同昆布，湯滾起大大塊牛肉放入去左一下右一下再左一下右一下，理論上唔需要全熟亦千祈唔好全熟，咁就食得㗎喇，其他材料慢慢落去煮，反而食呢一煲唔使食飯都 ok，可能因為夠清唔膩，相比壽喜燒我鍾意食涮涮鍋多啲啲囉。

但我呢啲典型香港人最鍾意將人哋啲嘢食改頭換面，我好鍾意日本嘅味噌湯，去食壽司一定跟一碗味噌湯，內容不外乎係海帶、豆腐、海鮮，高級嘅就龍蝦，渣渣哋都有幾粒蜆，有時又會放魚，唯獨未試過有肉。味噌唔難搵嚟買，日式超市就會買得到盒裝嘅味噌，其實佢都係打邊爐嘅好湯底，我會咁做，先切好蘿蔔同豆腐用水煮滾，然後放味噌，混和好就係個湯底。分量嘅嘢就係隨個人口味喇，所以啲味噌要逐啲落，否則好容易重手咗就會鹹得滯，夠唔夠味自己決定，用味噌湯打邊爐有個好處，就係幾乎唔使點豉油，一個人食嘢最大嘅好處就係想點就點，唔使就其他人，呢個喺屋企嘅一人火鍋就搞掂咗，開爐囉！

一鑊熟

天文台表示由於強烈冬季季候風及高空擾動會喺未來一兩日影響廣東，撰文前一晚大帽山錄得負 0.4°C，天文台仲預計今日最低約 6°C，新界再低幾度，高地有可能結冰，吹清勁偏北風，離岸及高地吹強風。廣東省氣象局亦預告強冷空氣南下，廣東粵北的連州、樂昌、南雄等地氣溫跌至 4°C 以下，廣州最低氣溫跌至 6°C。各地氣溫逐日下降，將有大範圍的 5°C 及以下低溫，粵北和珠三角北部的山區最低氣溫可達 0°C 以下，並有冰雹；粵北高寒山區有凍雨或小雪。

忽然又凍起上嚟，講真，真係凍嘅話係要戴埋帽、頸巾同手套先至得，喺香港好似未試過要帶手套，只係將對手塞入外套個袋就算。仲要真係凍係可以用口「呵」一團白濛濛嘅蒸氣出嚟，睇住佢消散。想當年做小學雞，一朝早返到學校見到熟嘅又玩得嘅同學，會伸隻手去摸住佢塊面，畀個凍柑佢，因為佢凍到唔想伸隻手出嚟格開你，惟有笑住閃避同縮埋一嚿。同家姐逼埋喺上格床，大家喺被竇入面鬥伸隻腳去凍對方個肚 dum，互相要閃避，咭咭笑住玩幾分鐘成身熱晒就會自動停，然後一覺瞓天光！

通常喺真係凍嘅日子，我哋幾兄弟姊妹就會期望嗰一晚屋企會打邊爐，媽媽係一家之煮，煮飯個煮，所以係要睇佢頭。佢明知我哋個心諗乜但係故意唔揭曉，到食飯嗰陣就會有一陣驚喜，後來我留意到只要佢買多過一種菜，譬如生菜同西洋菜同時買，就係打邊爐嘅先兆喇！打邊爐總會食剩嘢，咁點算好呢？第二日再打過？我都想，照計係行得通㗎，補給番一啲咪又打起上嚟囉。不過就係唔會，第二日通常一鑊熟，就係將所有食剩嘅材料全部放入個煲度滾熟，然後就直接食。

正常打邊爐係唔會食飯嘅，但一鑊熟就係一人一碗飯，然後就揀自己鍾意食嘅夾，通常食得剩嘅只有肉片、豆腐、鯪魚滑、豬膶同埋菜，況且以前呢啲住家式打邊爐，邊有今日食火鍋咁多嘢食，又餃又丸呀，吖！係喇，最多都仲會有幾粒潮州魚蛋，嗰陣時啲魚蛋一粒粒黐埋成為一個圓餅，買嘅時候小販唔會順住搣十粒八粒畀你，而係用把刀仔切開四份一餅咁囉，返到屋企媽媽會順住撕番開做一粒粒，但總係有幾粒會殘缺不全嘅，所以我一直唔明白點解個小販殘忍，咁都落到手嘅？最奇嘅係，明明打邊爐係會有碗豉油點吓點吓，但食一鑊熟就乜都冇，所以我好細個就明白，隔夜嘢唔值錢囉，食到尾通常冇晒餸，用湯淘飯，咁又一餐！其實一樣飽晒暖晒！

打邊爐食火鍋

　　網傳海底撈傳菜員需要碩士學歷，引起內地網民熱議。事源海底撈發佈一則招聘啟事，上面表示招聘傳菜員，月薪為 1-1.5 萬，要求為 22-28 歲以內，學歷為國家統招全日制 985 本科學歷，或 211 碩士及以上學歷，國外大學學歷 QS 排名前 200 或碩士學歷 QS 排名前 500。海底撈內部人士回應內媒查詢指，海底撈的確在招聘，但是人事部寫錯字，該崗位為管理培訓生而非傳菜員。

　　10 月嘅天氣乾爽舒適最啱就係打邊爐，喺過去嘅長週末我一口氣三晚都打邊爐，得出一個結論，打邊爐都係自己買料返屋企打先夠過癮。第一晚係朋友新居入伙，佢買咗個台灣出名火鍋店出嘅麻辣火鍋湯底，有鴨血同豆腐，然後上網撳幾個掣訂好啲食物，啲嘢就送到佢屋企門口，講方便真係贏晒。食物唔算特別出色但勝在要乜都有，仲要郁都唔使郁啱晒啲懶人，而我作為客人樂於坐享其成。呢一晚我問得最多嘅係一個專賣餃子嘅網站，一袋三十隻急凍嘅賣 $298，即係約十蚊一隻，唔係唔好食但就覺得貴咗啲啲咁囉。

　　第二晚去咗食麻辣雞煲，食完雞煲就變身火鍋係常識喇。我哋三個人，除咗兩個半隻唔同辣度嘅雞煲，就係牛肉、響鈴、枝竹、韭菜餃、芹菜木耳餃、午餐肉、蟶子王，一人飲咗一杯飲品，埋單連加一貼士人頭七百蚊，我最喜歡嘅兩隻餃賣 38 蚊四隻，嚴格嚟講係四粒，因為細細隻捙埋一粒仔，計番又係差不多十蚊粒。如果兩晚嘅餃子都係十蚊一隻，咁堂食呢間嘅大細，只係急凍嗰隻嘅三分一。雞煲喺疫情前我成日去嘅，由謝斐道搬咗去駱克道之後其實都少去咗，三年疫情好似一次都冇去過，然後有啲掛住就去食番轉。照計恍如隔世應該好開心至係，點會估到呢次好可能會係我嘅最後一次，只可以嘆一句緣分盡了！

　　第三個係行山腳嚟我屋企打邊爐，負責統籌嘅就建議佢哋喺屋企嗰頭各自買當區嘅名物嚟，減輕我嘅工作以及試多啲唔同區嘅好嘢。我原本只係負責出湯底、飲品同水果，但諗到當區名物呢四個字，就忍唔住手去晉源街買咗新鮮出爐嘅藍莓同香蕉味嘅鬆餅打頭陣，當茶點招呼客人，果然得到一致讚美。我哋八個人決定準備兩個湯底，一紅一白，紅嘅係台灣出名食麻辣火鍋出嘅大型罐頭裝鴨血連湯底，白嘅係學台南溫體牛火鍋用嘅椰菜番茄囉。咁啱得咁蹺有朋友喺鄉下屏東帶咗兩罐腐乳畀我，一個原味一個紅糟味，我鍾意用

佢嚟打邊爐點牛肉，同張敬軒林家謙一樣係完美組合 perfect
match。呢晚都有餃子食，有韭菜餃同芫荽餃，門市喺堅尼
地城，朋友話上網訂都得，食完先問價錢，45 蚊一打，計一
計數，即係唔使 4 蚊一隻。食咗三晚打邊爐終於食到一個性
價比最高嘅，所以我會將佢加入我嘅跨區買料打邊爐名單，
以作表揚！

百吃不厭

　　美國及中國職籃名宿馬貝利來港遞交申請港府 2022 年底推出的高才通搶人才計劃，佢結束十三年 NBA 職業生涯，2010 年起轉戰中國男子籃球職業聯賽（CBA），曾效力多個球隊；2014 年獲發綠卡，成為內地永久居民。他 2018 年退役，翌年擔任北京紫禁勇士的總教練直至 2023 年 9 月完約。佢話想推動本港籃球發展，做籃球教練是來港計劃之一。過去多次訪港，最喜歡是看到李小龍雕像；美食方面，他今次首嚐蛋撻，最愛則是火鍋。他透露目前仍住酒店，笑言香港租金有點昂貴，且空間較北京小。

　　內地同胞叫馬貝利做老馬係啱到不得之了，話晒佢住咗喺內地十幾年，講到搵食肯定係識途老馬。只不過估佢唔到嘅係一個外國人仲要係黑人，東西飲食文化差異咁大，竟然夠膽講最鍾意火鍋，搞到我都忍唔住畀隻手指公佢。講真中國飲食文化博大精深，任何一個老外都冇可能三時兩刻就識得欣賞，即使佢住北京，一街都係麻辣火鍋、酸菜魚，辣佢都未必食到辣，北京填鴨、蘭州拉麵應該冇難度，相比起嚟廣東菜略嫌清淡，唔知佢食唔食得慣。

香港美味

　　我係邊爐精，一講打邊爐就精神，麻辣火鍋、涮羊肉、雞煲、粥底、日式涮涮鍋、芝士火鍋瓣瓣掂樣樣啱。講起上嚟真係要感恩個天畀咗闊過銀河系嘅口味我，令我辣又得芝士又得，牛肉定羊肉都咁歡喜，正宗四川定台式麻辣一樣食得過癮。而我真係識人食唔到辣，食唔慣芝士，覺得羊肉好羶，對貝殼類敏感，已經非不為也而係實不能也。

　　唔同形式嘅火鍋，當中要推最單調枯燥嘅肯肯定係芝士火鍋，唔係放麵包就係薯仔，第一次食嘅印象係乜瑞士人咁寒酸嘅，而且芝士好膩唔食得太多，你叫香港人點會食得慣呢？眾所周知香港人嘅火鍋係由潮汕牛肉火鍋變奏出嚟嘅，講究新鮮，食嘅一定要係即日劏嘅牛，食佢唔同部位，最多加埋牛丸，配個沙嗲湯底就係咁㗎咋。但嚟到香港囉喎，四面環海有咁多海鮮，唔食埋佢都有啲講唔過去，但係用沙嗲做湯底煮海鮮有啲浪費，咁就演變咗清湯出嚟，對於我呢個芫荽控嚟講，芫荽皮蛋其實最合適，材料亦越搞越多，潮式魚蛋、豬肉丸、墨魚丸，廣東人嘅水餃、雲吞，仲有一堆豆製品，豆腐、枝竹、生筋、響鈴，有人唔食牛就食豬食雞，然後各種青菜菇菌，最後仲要煮埋個烏冬又或者即食麵先得安樂，總之材料擺到成枱都係就啱㗎喇，香港人追求嘅係一個字，豐富！

素食者的煩惱

　　古天樂日前與米芝蓮新加坡名廚合作拍廣告時,稱其愛吃新加坡菜,尤其是叻沙、海南雞飯及炭燒魔鬼魚。他自評廚藝不精,只會煮肉餅等簡單菜式,並透露古媽媽最初廚藝也不好,最叻煎牛扒,因此佢小時候日日食牛扒;後來媽媽睇電視跟方太學煮餸,最拿手炸乳鴿,但因為工序多,古仔都成廿年無食過。談到佢嘅飲食生意,古仔透露有時會親身試菜,廚師見他點頭,就會把菜式放進餐牌內。古仔一日只食晚餐一餐,但不一定要佳餚,炸雞、魚蛋粉、薄餅都會吃,不過,古仔除了牛肉,家陣連新鮮劏的海鮮都不吃。

　　最近拍電視劇,接連六日都喺上環開工,咁啱都係開中班,食完晏先去開工,換言之晚飯就係食劇組提供嘅飯盒。劇中有演員係素食主義,見佢經常自備飯盒,又或者自己叫外賣。好奇一問:「乜劇組唔知你食素咩?」原來知道嘅,只不過來來去去都係羅漢齋,食多幾餐都食到悶,佢唔想太麻煩到製片組,有時間會自己準備,再唔係就幫自己柯打附近嘅素食餐廳,實行拍到邊食到邊。有日忍唔住八卦究竟佢會叫啲乜嘢嚟食,佢嗰日嘅沙律,集齊豆腐、牛油果、紅菜

頭、南瓜、藜麥呢類嘅超級食物，再望吓自己嗰盒叉油雞飯真係有啲罪過。

　　咁又係，劇組叫嘅唔係燒味飯就係茶餐廳，幾乎唔使講大家都估到大概有乜嘢食，莫講我哋食葷，食素嘅選擇更加少。而事實上傳統港式素食確係令人唔多開胃，見到羅漢齋個「玻璃芡」就唔開胃，我情願食南乳粗齋，清清爽爽，不過呢味嘢外賣係食唔到嘅，皆因太多材料，準備工夫太繁複，素食又賺得幾多呢？黃芽白、粉絲、麵筋、枝竹、銀杏、木耳、冬菇、蓮子、金針、雪耳、甜竹，有少冇多，主味道全靠南乳。羅漢齋就簡單得多，冬菇、木耳、雲耳、枝竹、紅蘿蔔、蜜糖豆、粟米仔。兩樣都係素食，羅漢食嘅竟然不及粗齋豐富，會唔會搞笑得滯，唔夠敬意㗎！

　　係咪西式素食變化多過中式好多呢？如果拎開嗰啲素牛腩、齋雞、素鵝之類全豆製品嘅，純以蔬菜、菇類，都唔係唔得㗎，番茄煮蛋、洋葱煎蛋、牛油炒雜菌、薯仔炆栗子、紅燒雪耳竹笙、菠菜蛋餅、炸菇……要諗都唔係冇得諗。只不過中式素食嗰一大 pat 芡汁就係敗筆。但總不能日日食西式沙律㗎，所以三文治亦係一個好選擇，就咁雞蛋、番茄、生菜已經唔錯，加埋牛油果直情笑逐顏開，茄子青瓜番茄亦

係一個好配搭。講你都唔信，我經常去一間食串燒雞嘅專門店，每次去一定叫嘅係嗰味扮炸雞但其實係炸椰菜花，佢嘅外皮炸到脆脆又帶甜甜辣辣鬼咁惹味，呢啲素食就真係百吃不厭喇！

食素條數

韓國國會週通過新法律，在 2027 年後禁止宰殺和出售狗肉的行為，呢項法律將結束韓國數百年來食用狗肉的習俗。根據新法律，以食用為目的飼養、屠宰犬隻或出售狗肉將被禁止，宰殺犬隻的人將面臨最高三年監禁，而以食用目的繁殖犬隻或賣狗肉的人，可被處以兩年有期徒刑。不過，食用狗肉本身並不違法。據官方統計，截至 2023 年，韓國約有 1600 家狗肉餐廳和 1150 家養狗場。不過，在過去幾十年狗肉已經不再受到韓國食客的青睞，尤其是年輕人開始反對這一行為。

香港比起韓國進步得多，早就喺 1950 年立法，任何人不得屠宰任何狗隻或貓隻以作食物之用，不論其是否供人食用；亦不得售賣或使用或允許他人售賣或使用狗肉及貓肉作食物。違者一經定罪，最高可被判處罰款五千元及監禁六個月。只不過罰則睇嚟過晒時，亂過馬路都罰兩千，殺貓劏狗都只係五千，似乎追唔到通脹，冇乜阻嚇作用。有人認為當貓狗成為寵物之後，人類同佢哋產生感情，所以唔捨得再食佢哋，其實家陣都好流行養兔仔㗎，你試吓去歐洲經常食到兔肉㗎！

仲有蛇都係寵物，我哋秋風起三蛇肥，蛇羹一街都係又係乜嘢玩法呢？點解冇動物權益幫啲兔仔同埋蛇發聲呢？係咪大細超？

我當然唔會食貓狗，但我一年都可能食到兩、三次蛇羹嘅，從前去澳門食一啲家庭式嘅葡國菜仲會食到一道菜叫血兔，不過近年都唔多覺眼有人整，所以又都冇食好耐。可能都係需求問題，市場上冇乜人想食，餐廳自然唔會供應，久而久之就會喺餐牌下架喇！變咗想食都冇得食。我喺日本食過馬肉刺身，但我都冇膽量同我識得嘅馬主講，每個人嘅禁忌都唔一樣，可能會唔覺意冒犯咗人就無謂喇！正如，我唔會喺保育分子面前講魚翅真係幾好食咁囉，魚翅都變咗毒品咁，好多人都收埋嚟食唔敢張揚。

豬牛羊成為咗我哋日常主要食嘅四腳動物，最近有朋友又同我講食牛仔肉好唔人道，叫我唔好食，食鵝肝都唔人道㗎，食牛肉又製造太多碳排放，搞到我懷疑最後逼到大家只可以食素。我都開始諗自己係咪可以食素呢？咁雞蛋算唔算係素？喺我個世界，一系列嘅豆製品，唔同嘅菇菌，各種蛋類，眾多果仁，不同種類嘅植物都係可以做得好食嘅，偶然一餐其實唔錯，要持續就有啲複雜。如果真係要逼我非食素

不可的話，第一時間係要學煮正宗印度咖喱，因為運用香料令食物味道上有好多層次嘅就真係得佢，唔通日日南乳齋、羅漢齋咩？我驚咁食法佛都有火呀！

食素就要咁食

　　大嶼山鹿湖精舍的住持洞鈜法師胞弟譚偉雄，向傳媒踢爆洞鈜法師一直偷偷食肉多年，並有片為證。喺佢提供嘅影片中確實清晰見到脫下袈裟嘅法師，正在大啖歡沙嗲雞肉串燒，碟上面仲有豬排。但大眾認知的漢傳佛教，無論是皈依弟子或出家人，都必須要守五戒，包括不殺生、不邪淫、不偷盜、不妄語、不飲酒。由於洞鈜法師早年曾在大埔慈山寺出任住持十年，而慈山寺喺香港名氣頗大，引起廣泛關注。洞鈜法師回應傳媒表示食肉係因為健康問題。

　　朋友之中唔少係素食者，有啲係宗教信仰，有啲係個人理由，有許咗願、覺得食動物好殘忍，林林總總都有。當中有啲人又會因食素嘅緣故身體確係會出問題，醫生會要求佢哋食番多啲蛋白質，唔食肉可以食海鮮代替，只要唔係因為宗教信仰，佢哋偶然都會食少少海鮮去補充一下。就好似最近要招呼素食者朋友嚟我屋企食飯，三個人只有一個食素，有啲難搞，最後食素嘅話少少海鮮ok嘅，咁我都鬆咗一口氣，白灼蝦、白酒煮蜆同埋咖喱雜菜跟法包，客人都好滿意。

其實年紀越大食肉嘅意慾越嚟越低，除咗胃納量細咗，有啲人嘅牙開始出問題，好似甩咗啲牙又唔去整番，搞到冇牙咬嘢，點食喎！好彩我仲未去到呢啲階段，只係發現自己冇咁執著一定要食肉。你都唔知年輕嘅時候，擺碟菜心炒牛肉上枱我第一箸夾嘅一定係牛肉，家陣會係菜心囉。去茶餐廳食飯，黑椒豬扒意加雙腸雙蛋，早兩日去茶餐廳食豬膶牛肉麵，我只係加咗一隻蛋，個人克制咗好多，係咪？

又好似我一直都迷上日式咖啡連鎖店跟餐嘅薯仔沙律，雖然只係得一個雪糕球咁大，但每次食都有一種小確幸，從來冇食厭，但係近年佢哋轉咗策略，不定期先有，令我要撞彩先至食到，好冇癮啫，於是返屋企自己整界自己食，材料好簡單，薯仔、雞蛋、粟米粒，既然係日式沙律，就梗係買日本薯仔、日本雞蛋，連沙律醬都係有個 BB 做嘜頭嘅日本品牌，調味料得鹽同黑胡椒，簡單又易整，一路欣賞自己嘅還原能力，先至醒起呢味根本就係一道素菜，而且雞蛋既係蛋白質亦係美味之源，薯仔又飽肚，加入粟米只係為咗增加口感。嗰日用咗日本頂級雞蛋做，由於個蛋黃係橙色，成個沙律撈勻之後就變成奶油橙色，望上去都特別開胃。好似我呢啲食嗰啲咁多素都要搞咁多花臣，擺明仲未做到無慾則剛，惟有繼續有肉食肉喇！

增肥餐

Facebook 創辦人朱克伯格接受 Tesla 創辦人馬斯克格鬥挑戰後積極備戰，其中一項就係增加體重，目前每天攝取 4000 卡路里熱量。事緣美國麥當勞喺 Meta 旗下 Threads 發帖，詢問粉絲喜歡什麼食物，朱克伯格回應：二十件麥樂雞、足三兩漢堡包、大薯條、Oreo 麥旋風、蘋果批及稍後才吃的芝士漢堡。佢最近接受訪問表示每週接受三至四次巴西柔術及綜合格鬥訓練，另加力量和體能訓練，以及靈活度訓練，睇嚟佢同馬斯克嗰場 MMA 真係有機會成事！

西人增磅嘅方法竟然係食老麥，香港人嘅飲食習慣同西人唔同，應該啃唔落朱克伯格食嘅老麥真正全餐，但一定要增磅嘅話，起碼有兩個替補方案可以提供。第一個梗係粥粉麵餐喇，一碗粥加條油炸鬼或者炸兩，再整多碟豉油皇炒麵，真係唔嘢少㗎，我試過返晴朗叫早餐，食咗一碗艇仔牛肉粥，一碟炸兩。飽咗成日，朝早七點食完，飽到晚飯時間七點先再食得落嘢！斷估方 3000 卡都有 2500！

又或者豆漿粢飯餐，一碗鹹豆漿、一嚿粢飯再加一件燒

餅夾蛋，呢個仲堅，喺台北試過一次，已經係早餐食㗎喇，最後飽到連晚飯都食唔落，要到消夜先至有番胃口；好彩係去旅行第二朝唔使趕住起身，先至可以施施然食埋先去瞓。話晒糭飯係用糯米做㗎嘛，比白米頂胃得多，飽肚感更強，唔信你試過就知味道。但係人在旅途搵食時，心態上基本上係難得嚟一次，就算一日早午晚三餐再加下午茶同消夜共五餐，等同日日食一條牛落肚都仲食得落，反正每餐食之前都會自我催眠，唔緊要食咗先返香港再減囉！

對於好多人嚟講，打邊爐係最佳增磅方式，計我話，食西餐 fine dining 先係，最近一個月內去咗兩次開喺大館入面，由百幾年前嘅裁判處變身而成嘅古蹟保育西餐廳。我成日開玩笑咁講，凡係食西餐，如果上枱第一樣嘢即係麵包唔好食嘅話，其實可以走先，呢間餐廳嘅酸種麵包好，佢嘅鹹味牛油亦功不可沒，所以我哋食完一籃再食一籃，嘻嘻。嗰晚頭盤係法國生蠔、凱撒沙律、蠶子同油甘魚，主菜我點了雞批，朋友食龍蝦意粉，另外嗰個就食 prime rib，再附加咗一定要叫嘅千層薯仔以及忌廉菠菜做伴碟。我係凱撒沙律忠粉，平生唔多好食沙律，但係好嘅凱撒沙律我可以直接將佢升格做主菜，呢度嘅就係喇。至於千層薯仔係將薯仔切成一片片仲要係正方形再拎去焗炸，效果係好飽都要繼續食。都

忘記咗兩個朋友飲埋洋葱湯，我提佢哋會唔會太飽？兩個都異口同聲話飲湯係另一個胃喎。食西餐食麵包一個胃，主菜一個胃，湯係另一個胃，食到甜品阿拉斯加火焰蛋糕又肯定需要另一個胃。一餐飯需要動用四個胃，你話喇，餐餐飽到上天靈蓋，你想唔肥係咪有啲難度呢？

祛濕飲乜好

原來撰文前一日係大暑，屬於二十四節氣夏季最後一個節氣，有中醫師表示大暑意指「極之炎熱」，容易令人中暑、濕疹發作，但卻是治療鼻敏感的時機。佢列出大暑飲食宜忌，推介十三款宜吃的食物，包括冬瓜、西瓜、淮山、綠豆、赤小豆、茅根、薏仁、扁豆、黃瓜、玉米鬚、荷葉、馬蹄同埋鴨。另外提供四款有助消暑解毒的湯水食療，好似冬瓜薏米玉米鬚湯、祛濕薏米水、陳皮荷葉豬肉飯，以及馬蹄無花果竹蔗茅根湯。

喺我細時媽媽會喺唔同嘅時節煲唔同嘅滋補湯水畀全家人飲，最記得就係大暑要飲祛濕湯，偏偏呢煲嘢對我嚟講係「濕滯湯」，佢嘅材料唔算多，只有蓮蓬、荷葉、木棉花、燈芯草、赤小豆、扁豆、生、熟薏米煲冬瓜，我好鍾意湯水，唯獨是呢一煲真係頂唔順，佢放鹽又得，放糖都得，不過放乜都好難飲。如果你飲過應該會明白，原因就係燈芯草，雖然佢係植物，但咽浸草味好難頂，太過霸道，遮蓋晒其他材料好嘅味道，每次飲嘅時候覺得仲難飲過苦茶！苦茶苦之嘛個底蘊都係甘嘅，但祛濕湯嘅味道係怪咽下弊！

　　其實要祛濕排水有好多方法，只不過大暑當日飲祛濕湯同端午當日食隻糉一樣，應節兼有儀式感啩！化妝師教路，一早開工啱啱瞓醒好多時都會水腫，飲杯齋啡就可以有利尿兼去水腫。薏米水亦係另一種利尿嘅飲品，細時屋企都有煲但大大吓呢款飲品都退咗休，反而去馬來西亞旅遊，周街嘅茶水檔都有得賣，仲有檸檬味，好啱心水。只不過馬來西亞天氣熱，薏米水多數都係加冰嘅凍飲，老人家又話生冷嘢唔好飲咁多，有啲矛盾咁啫！

　　另外我都極之歡喜嘅就係竹蔗茅根水，單係睇見啲材料就知呢煲嘢一定好飲，傳統嘅材料除咗竹蔗同茅根之外，仲有馬蹄、紅蘿蔔，最離奇嘅係煲唔同糖水會放唔同嘅糖，竹蔗茅根水放嘅竟然係糖冬瓜，煲過你就知！當年我去街市買材料自己煲畀自己飲，街市姐姐好好心機，將啲材料嘅分量計好晒，一扎扎分好逐份賣，畀錢嘅時候多口問一句落冰糖定片糖呀？姐姐好似聽咗天下間最愚蠢嘅問題，佢忍唔住笑咗，然後話落糖冬瓜最好，當時都唔知有乜咁好。直至到今日，謎底終於解開，冬瓜同茅根一樣都係用嚟排水，糖冬瓜係用糖醃咗嘅冬瓜，本身已經有甜味，加埋佢咪就係相得益彰囉！

記憶的味道

　　受海洋氣流影響，本港撰文前一日早上有霧，能見度一度降至 500 米以下。天文台預計，受海洋氣流影響，未來兩三日本港天氣仍然潮濕有霧，相對濕度最高達到百分之一百，呼籲市民記得做好防潮準備。早上的維港一片朦朧，高樓大廈被大霧覆蓋。海事處一度提醒船隻，由於本港部分水域能見度較低，航行時必須以安全航速及極度謹慎駕駛。

　　見到連續幾日相對濕度係百分之一百，真係叫咗出嚟呀！吖——今次唔係熱暑人，而係濕壞人呀！踏入二月我竟然喺蘇梅島傷風，返香港睇西醫食足四日藥，傷風好番但係個喉嚨乾晒，把聲沙晒仲口㾗㾗刮，惟有過年前去睇中醫，一次過執咗八劑藥，但仲係差啲啲。啲天氣濕濕滯滯，頂唔順又去睇多次，中醫師話我濕重口乾飲極水都唔夠，係因為啲水去唔到該去嘅地方，話要幫我祛濕喎！作為廣東人對熱氣、濕熱、水腫、肝鬱、腎虛呢啲日常症狀相當明白，西醫唔識醫但中醫就有辦法，所以我哋一年到晚都要飲唔同嘅湯水去調節身體，攞平衡。

　　用我最粗淺嘅認知，薏米水可以袪濕，每次去馬來西亞玩都留意到佢哋華人社會都保留咗呢方面嘅食療，馬來西亞都係一個又熱又濕嘅地方，其中常見嘅飲品係薏米水，少少甜有時會加啲檸檬，等佢再清新可口啲，只不過氣溫高幾乎冇人會叫熱嘅，叫親都係凍嘅，用意本來係袪濕但喺中醫角度只要係凍嘅加咗冰嘅一律冇晒藥效，激死死！

　　所以我死記咗幾種幫到手袪濕嘅中藥成分，除咗薏米，仲有赤小豆、茨實、陳皮、茯苓，呢幾味可以一次拎晒去煲，但加埋玫瑰同紅棗會好味啲囉。仲記得媽媽成日講紅棗要去核，否則會燥熱。對於湯水其實我無任歡迎，唯獨當年媽媽喺大暑嗰日煲嘅袪濕湯，記憶中成分有冬瓜、燈芯草、淡竹葉、薏米、蘆根同蜜棗，但係燈芯草嘅味實在太古怪，明明加咗蜜棗輕輕帶甜，唔知點解當年我當佢係苦茶咁飲。

　　因為加拿大嘅屋企人返咗香港，撞啱姨甥生日，一早訂定喺西灣河嗰間小廚，事先同大廚權哥講定成家人都想飲昆布海藻生熟地煲豬蹄，佢一口答應為我哋炮製。呢煲湯湯渣先上，一大碟昆布海藻生熟地墊底，豬蹄切件鋪面仲有粉腸喋，已經先聲奪人。碗湯煲到黑魆魆，望落同苦茶差唔同，但味道甘美無比，從前媽媽偶然會煲吓，姊夫、阿嫂連姨甥

一個二個都話記得飲過，移民加拿大三十年嘅二家姐就話移民後都冇飲過，當年呢煲湯全名係犀牛皮大山地昆布海草煲豬蹄，唔知幾時犀牛皮禁咗食用，惟有用熟地取代。講到明食療，呢煲湯功效係清熱解毒祛濕，見佢哋七嘴八舌起勢話當年，就知道記憶嘅味道比入口嘅味道更加雋永！

食盡東大街

　　2023 年 11 月警方接報在石澳鶴咀近港大太古海洋科學研究所，發現約有八名非華裔男子登岸，懷疑為非法入境者。隨後警方在附近搜索，並在石澳道設置路障，其後接到巴士車長提供消息，指部分人已登上一輛 9 號巴士，警方於是派員到筲箕灣巴士總站一帶搜索，警員先後在望隆街及寶文街截獲四名懷疑非法入境男子，據悉，懷疑非法入境者分別為巴基斯坦及孟加拉籍，所有人其後被帶番警署進一步調查。

　　呢幾個南亞人士坐 9 號去到筲箕灣巴士總站就被截獲，連食番餐本地嘢嘅機會都冇，真係戥佢哋可惜。講起上嚟，三十年前曾經喺柴灣報館返咗幾年工，仲住埋喺嗰頭，你知喇柴灣工廠區冇乜好食，初時我哋會坐報館嘅穿梭巴士去杏花邨，食多咗又嫌悶，惟有再過啲去到筲箕灣東大街。當年嗰度有間印度咖喱擺過一星喇，後來因為有老鼠出現令顧客擔心衞生問題，幾年前執咗笠，前一排路過又見佢重出江湖，如果嗰幾位仁兄唔係咁快被截獲，真係可以考慮入去補給吓！

　　講真東大街算係一條自然產生嘅食街，仲要係有相當多

唔同種類，咖喱、魚生、魚蛋粉、蜑家佬菜、酒樓、傳統小食、快餐店、韓風美食、印尼沙嗲齊晒。我去得最多一定係食魚蛋粉，修正，麵檔係賣魚蛋粉起家，但我食牛腩撈嘅次數好似仲多啲，因為我鍾意多啲餸，會叫多條炸魚片現場食一半，剩低拎走。或者你會問點解唔叫碗淨魚片？我嫌薄切嘅魚片冇乜口感，同厚切嘅食法差得遠囉。如果叫一條魚片堂食，厚切一嚿相當於三片，我試過拎住食剩嗰一半走，嗰日好塞車，一路揸車一路聞到嗰股油香，忍唔住拎佢出嚟逐啖咬，仲好食呀！

　　蜑家佬菜亦係呢條街嘅一大特色，我當初係去食佢嘅蝦仔飯，後來先食佢嘅私房菜，好多人鍾意佢個蟹蒸肉餅，我鍾意佢個魚砵多啲，一嚿鮮魚一塊鹹魚放埋一齊，當住個客面前現煮，跟埋一煲煲仔白飯，鮮魚加鹹魚俗稱生死戀，竟然滋味無窮，從此返唔到轉頭。仲有另一間掛粥頭賣小廚嘅家庭式小店，兩公婆一個做大廚一個做樓面嗰隻，係唔落妖邪嘅正氣地方，佢哋嘅葱油雞同豉油雞都好味道，應該咁講，佢啲餸家常到好似自己喺屋企都做到，但肯定冇佢做得咁好囉。我覺得佢午市即叫即煮嘅客飯套餐做得好取價都公道，最衰我唔係住嗰頭，否則真係可以當係自己飯堂，莫講話唔使買餸煮飯，連洗碗都慳番！

媽媽的味道

恒大主席許家印前妻丁玉梅，入稟高等法院，向二兒子許騰鶴追討逾 10 億港元。入稟狀透露，許騰鶴於 2020 年 6 月向丁玉梅借款，惟未有在約定日子還款。丁玉梅向許騰鶴借款的本金，分別為 5 億港元和 3000 萬美元（折合約 2.3 億港元），連同應付利息和逾期利息，丁向許申索逾 10.5 億港元。內地媒體曾報導，許家印與丁玉梅於 2022 年已辦理離婚事宜。

平民百姓睇到呢啲豪門恩怨嘅新聞，一般都會搖頭嘆息，母子之間因財失義仲要搞到上法庭真係別人的煩惱。睇得多都慶幸自己媽媽的味道並唔喺金錢度，而係喺廚房同餐枱上面。加拿大啲屋企人兵分兩路喺東岸同西岸都返嚟香港過年，成個新年唔係食就係打麻雀同拜山，好忙。我呢家人個個都為食，主要活動就喺飯枱上面發生，上次都講過其中一餐飯特別訂咗個湯嘅，昆布海草山地熟地煲豬蹄，屋企人一睇到個名已經拍手掌，飲到嘅時候直情眉飛色舞，一個二個話諗起當年媽媽都有煲，一樣咁好味。我好肯定媽媽嗰煲唔及呢煲好飲，因為媽媽唔會落埋豬粉腸。屋企人懷念嘅只係媽媽

的味道啫！

另一餐飯去咗筲箕灣東大街一間街坊小廚，通常都係我負責點菜，呢一晚六個人叫咗例湯、蒜蓉蒸蟶子、半份葱油雞、半份豉油雞、美極蝦、鎮江骨、蝦子炒麵、土魷肉餅荷葉蒸飯同埋炒菜。呢間小廚，個名雖然有個粥字，但過年屋企人話唔好點粥，所以就食咗好多飯，因為葱油雞同豉油雞都極之受歡迎，豉油撈飯一流，薑葱又送飯，淨係呢兩味我都已經食咗半碗飯。

唔好忘記我哋仲有碟蝦子炒麵，碟麵上枱嘅時候兩個家姐同阿嫂都話已經好飽，但依然食完再添，笑死人。最後上枱嘅係土魷肉餅荷葉蒸飯，呢個飯有啲複雜，先炒好咗個飯，再將剁好嘅土魷肉餅用荷葉包好，放喺個竹籠度再拎去蒸，所以土魷肉餅啲汁流晒落啲炒飯度，嗰啲就係味之精華，無與倫比。就喺呢個時候二哥第一個話個肉餅同我哋媽媽整嘅有啲似，兩個家姐同阿嫂都和應。

媽媽生前拿手好菜之一就係土魷蒸肉餅，佢嘅方法係肉餅要手剁，但媽媽唔鍾意太細緻太滑口，佢鍾意比較粗嘅嘅口感，肥瘦比例係三比七，要攪要撻要加水，最後先至加埋土魷。由於我哋用嗰啲肉汁撈飯，成日要求媽媽可唔可以多

啲汁，佢對我哋呢個訴求從來充耳不聞，後來自己整先至明白水不能落太多，嗰啲限量肉汁更顯得珍貴。講真係咪真係似？媽媽離開咗我哋都十五年，所有嘅都係記憶中嘅味道，每次喺外邊食到一啲媽媽生前經常煮嘅拿手小菜，屋企人好自然會拎嚟同媽媽嗰啲比較，呢樣似嗰樣似，每次講都只係借題發揮念親恩。如果話媽媽的味道始終最好，係因為永不加價毫無銅臭味囉！

香港美味

皇后飯店

　　皇后飯店喺社交網頁公告，又一城店將於 2023 年 8 月 15 日結業關門，引起無數網友留言紛紛表示不捨和唏噓。始創於 1952 年的皇后飯店，為香港經典老牌西餐之一，店家在北角起家，1964 年後遷往銅鑼灣利園山道。該店最為人津津樂道是電影《阿飛正傳》曾在餐廳取景拍攝，風頭一時無兩。1998 年又一城分店開業，沒料到經歷二十五年，卻即走進歷史。

　　屹立土瓜灣超過七十年的美華上海菜館突然結業，事前不露半點風聲，僅有街坊熟客知曉，至消息傳出已是 last day，叫一眾區外食客扼腕嘆息。結業當日，街坊熟客紛趕尾班車，蘇施黃趕得切打包佢至愛嘅醉豬手、回鍋肉同粢飯畀金小姐，另外谷德昭亦都趕到，佢點咗心水韭黃鱔糊和油炆筍，仲大讚鱔魚新鮮，且有「小姑娘尾指粗幼」鮮嫩彈牙，坊間少見，直言「慶幸曾經有過你」。可惜我係港島人，唔似得佢哋同美華建立咗深厚嘅感情，收到消息二話不說趕去食最後一餐！

　　第一次接觸皇后飯店係中學時期喺炮台山返學嗰段歲月，午飯時間北角英皇道有大量學生餐等住我哋呢班貪新忘舊嘅學生哥，我哋間間都會去試吓，覺得好食就會再去幫襯。記得皇后飯店位置較遠，差不多去到北角碼頭，同學仔食過一次都嫌遠唔肯去，好多時為咗食佢，我真係要動用個人魅力，又哀又求又跪又拜先至有人捱義氣陪我去食一次。出嚟社會做事發現原來銅鑼灣都有一間，令我成為熟客，有一段日子真係成日去，最鍾意佢哋嘅羅宋湯、俄國牛柳絲飯，仲有另一碟都係牛肉但忘記了名字的碟頭飯，呢兩碟飯會直接令我每次入去選擇困難症就會發作。

　　好景不常，銅鑼灣店後來結束，搬咗上利舞臺，任何一間由地舖變做樓上舖從來都係考驗，個人經驗係人同食物嘅關係除咗味美之外，同生活習慣亦有好大影響，比如喺唔同嘅地區都總有幾間心水麵店粥舖之類，有時喺去開嗰頭想食嘢但時間唔多夠嘅話，好自然就會行過去食番碗，時間計到數，行入去叫碗雲吞麵半粒鐘一定搞掂；但搬咗入商場上咗樓，要再加十五分鐘等較搭較，已經令人卻步。有啲店一搬咗舖啲出品唔知點解會走樣，起初可以幫廚師搵到藉口，就係未熟架步，但半年一年之後都仲係唔同咗味，食客同餐廳嘅關係好自然就會慢慢疏遠。

　　我同皇后嘅關係大概係咁，出品無復當年勇都未止，再加上佢哋搬新舖仲轉埋路線，冇咗原來嘅特色，連我鍾愛嘅兩碟飯都唔再喺餐牌，否則我點會記唔起另一碟飯個名吖？就好似我重返廣播道差不多三年，只係去過一次仲要係朋友揀嘅，知道埋佢結業都冇打算去食最後一餐，就知道彼此嘅緣分早喺利舞臺之後就盡了，既然係咁，無謂勉強！

幾時都要黯然銷魂

　　都係睇到報紙頭版刊登賀啟，先知道原來坐落灣仔告士打道嘅六國飯店今年（2023年）開業九十年，呀，唔係，89年重建之後已經由飯店改為酒店，我哋呢啲老香港都係改唔到口。個賀啟仲刊登咗當年嘅一啲開業報導同廣告，接近九萬平方呎嘅地段，九十年前地價十二萬幾就買到，連埋建築費七十五萬，唔使一百萬就搞掂，係咪冇七錢嘅價值概念呢？咁話你知當年房租係三蚊。每間有歷史嘅酒店一定有令人津津樂道嘅小故事，1960年上畫嘅荷里活電影《蘇絲黃的世界》就嚟咗香港取景，個故事係改編自作家 Richard Mason 旅居喺六國飯店時創作嘅原著小說。

　　咁就有趣喇，香港最老牌嘅兩間酒店，九龍半島95歲，港島六國都90歲，兩個老人家遙隔一個維多利亞港，各有捧場客。莫講差不多一個世紀之前過海仲係只得小輪同嘩喇嘩喇嘅時代，即使係今日，港島人係唔會隨隨便便就過海嘅，好自然華資酒店本地人自己捧場，半島係嘉道理家族經營就外國人支持，咁半島最大嘅歷史事件一定係日本侵華，港督楊慕琦坐天星小輪由中環去到尖沙咀半島，喺336號房簽投

降書，之後成為日軍嘅戰爭司令部及軍政廳行政總部。六國當然都逃唔過三年零八個月，佢成為咗日本高級官員俱樂部仲改名做「千歲館」。

　　我係有大港島主義嘅港島人，照計應該去六國多過半島，反正兩間個名都係由細聽到大，但結果係去半島嘅次數多好多，理由係我貪慕虛名，覺得半島個水池同大門嗰種氣派係六國冇嘅，仲有兩層樓咁高樓底嘅大堂茶座，今時今日依然有現場音樂演奏亦係全港獨有。比較之下殷實嘅六國自然失色，我一直都唔係六國嘅捧場客，直至 2016 年，當年佢哋推出電影《食神》入面嘅「黯然銷魂飯」，連周星馳食過都讚好食。

　　《食神》面世廿七年，坊間唔少食肆都有唔同版本出現過，我都食過唔少，如果一定要揀個冠軍，我會投六國間中菜嗰碗一票。說到底，黯然銷魂飯即係叉燒飯加隻荷包蛋，望落去稀疏平常邊個整唔到？難就難在越簡單其實越難做，因為人人都食過都識得批評都會有意見囉！拆開得三個成分，豬肉、米同雞蛋，食叉燒，大家都講識食一定要食半肥瘦燶邊地拖叉燒，但呢度佢揀梅頭肉，即係最腍最滑身嘅部位，燒到燶邊，不過唔係地拖，但入口就知道佢有幾靚。啲人成

日講「生嚼叉燒好過生你」，如果真係嘅話我希望我阿媽生嘅係呢嚿叉燒。然後係啲飯，夠乾身粒粒分明，原來佢哋揀咗泰國靈芝米，都係靚米，仲有，我食到洋葱，唔怪之得口感咁豐富。至於隻蛋，由於荷包蛋唔可以全熟，佢哋又驚生蛋有沙門氏菌，所以又揀咗日本可以生食嘅雞蛋嚟煎，都未完，食荷包蛋總要有幾滴豉油，又用咗本地名牌，成碗飯四個部分都千挑細選去滿足奄尖食客個胃！佢唔覺意滿足埋我個心，老人家叻叻！

阿一鮑魚

富臨飯店創辦人，人稱一哥嘅楊貫一因病離世，享年 90 歲。富臨飯店於 Facebook 發文，公告一哥死訊，並讚揚佢嘅傑出成就，包括榮獲世界御廚、世界傑出華人、銅紫荊星章及米芝蓮三星等。一哥生前最為人津津樂道嘅係由樓面做到入廚房，1986 年更加受邀去到北京釣魚台為國家領導人鄧小平下廚，領導人都品嚐過佢嘅招牌鮑魚，自此佢同間飯店雙雙一登龍門聲價十倍。另外專欄作家王亭之食過佢整嘅鮑魚，寫咗「阿一鮑魚天下第一」送畀佢，張字畫一直掛在飯店當眼處！

我同一哥嘅關係好早展開，自己做記者仔嘅時候，雜誌社老闆有日派我去訪問一哥同佢嘅招牌，堪稱富臨孖寶嘅魚翅同鮑魚。好衰唔衰訪問當日唔記得邊一面有隻大牙發炎，牙痛到冇乜心機，匆匆忙忙做完個訪問就想走人，點知一哥盛意拳拳留住我食魚翅同鮑魚，牙痛慘過大病，實在痛到連胃口都冇埋，食都冇食到就返報社。老總知道一哥有請，但我冇品嚐之後就話：哎呀，走寶呀你！呢句話對一個未食過所謂溏心鮑魚嘅人嚟講係廢話，我點會知走咗乜嘢寶喎！後

來有個大歌星請我去食飯，食咗人生第一隻日本禾麻鮑魚，用刀切隻鮑魚嘬刀嗰吓呢世都記得，嗰一刻真係有啲捼，因為一哥打算招呼我食嗰隻比起大歌星請嘅嗰隻大得多呀，陰功豬！

　　魚翅鮑魚呢啲幾時都係貴價嘢，雖然我捨得食，但當時年紀輕輕賺錢能力有限，人哋請就話 ok 啫，自己畀根本食唔起。但係我發現佢哋有一樣嘢係同食鮑魚效果差不多，仲要係連我都食得起嘅，就係佢哋嘅鮑汁炆鵝掌煲喇！自此去親都會點，食到熟咗之後忍唔住問，點解你哋啲鵝掌分外大隻同分外多肉嘅？原來啲鵝掌係嚟自波蘭嘅，仲要啲鵝掌炆完出嚟係化而不爛，外表完整無缺，但一放入口嘬一下即刻可以吐番晒啲骨出嚟，再叫碗白飯汁都撈埋先算圓滿呀！

　　除咗鵝掌之外，我鍾意食佢整得好而又負擔得到唔肉痛嘅，仲有荷葉飯、酥炸鯪魚球、薑葱魚雲煲、陳皮牛肉餅。想當年有次宴請專欄作家古鎮煌，亦即係古典樂評家黃牧，就係點咗以上幾味，食到佢舔舔脷，最開心嘅係佢竟然未去過富臨食飯仲讚咗我幾句。冇錯，有啲地方就係你好放心介紹畀朋友去食，有時未必可以跟場，但我會跟一句，唔使擔心，工夫好扎實基本上亂叫都得。朋友放心食，食完一般都會打番嚟讚美我。諗到呢度，倒番轉要同一哥講番句：多謝！

香港客廳

　　坐落中環太子大廈標誌性餐廳及天台酒吧 Sevva 於 2023 年尾宣佈，將於 2024 年 5 月租約屆滿時結業，為其十六年歷史畫上句號。Sevva 的創辦人、永安百貨家族後人郭志怡在聲明中表示，2019 年社會運動及其後的疫情，均對餐廳營運構成巨大挑戰。Sevva 又預告，將於 2024 年初舉辦一場「星光熠熠的晚會」作告別。郭志怡接受《南華早報》訪問時形容，今天香港已是一個不同的城市：「當你看到香港如此空蕩蕩時，你會對它說什麼？我為自己的城市感到難過。我們習慣看到活力、閃閃發光……現在人們甚至不來遊覽。」

　　郭志怡 Bonnie Gokson 幼時家住赤柱大宅，佢家姐係 Joyce Boutique 創辦人 Joyce Ma 郭志清，幫 Joyce 喺七十年代做時裝一做十七年，之後入 Chanel 做形象總監，到 2008 創辦 Sevva，成為香港五星級酒店以外最高級嘅餐廳，沒有之一。間餐廳冇標榜主打乜嘢菜，但係佢哋嘅招牌菜我會揀煲仔飯同上海雲吞，都係照 Bonnie 屋企嘅做法擺上餐牌。佢哋都招待過美國前總統克林頓、碧咸夫婦、羅拔迪尼路，同埋啱啱喺咗香港搞 fashion show、美國歌手兼 Louis

Vuitton 創意總監 Pharrell Williams 喇，論國際性佢都數一數二。

過去幾年唔少我很喜愛嘅餐廳結業，都係一啲地區街坊小店同老店，唔做嘅理由離唔開疫情一拖三年捱唔住，又或者家庭式經營嘅負責人年老，但家族冇後生肯接手，亦有政治環境變化提早退休移民走人。但 Sevva 唔同，開嘅人來頭唔細，幫襯佢嘅唔係官商名流、達官貴人就係金融才俊，你睇佢招呼過嘅國際猛人就知道佢其實充當咗香港禮賓府以外，民間招呼外賓最高規格嘅客廳。未去過嘅好難想像究竟佢有幾好。

首先講地點，太子大廈 25 樓，喺寫字樓大廈有專用電梯已經巴閉，上到去餐廳竟然有個大露台，不得了，面向皇后像廣場直望過去係維多利亞港，右手面係和平紀念碑同香港權力最高核心代表嘅會所香港會，後面一字排開有新舊兩幢中國銀行大廈、滙豐銀行總行、渣打銀行總行。一個地方嘅歷史重地，以及三間發鈔銀行嘅總行都成為咗佢嘅佈景，都數唔到幾多次帶外國朋友去飲下午茶，呷住香檳食佢哋個招牌實而不華嘅 crunch cake，又或以路易十六個皇后 Marie Antoinette 命名有成呎高粉紅色空氣棉花糖，走奢華路線嘅

蛋糕，喺暮色四合華燈初上之際，佢哋都不禁讚歎，香港嘅擠迫成就咗呢個全世界最貴景色嘅餐廳！

好多高級餐廳裝修都好靚，Sevva 當然都好靚，佢靚之外仲有一種大器，喺香港寸金尺土嘅前提下，佢用嘅梳化同 coffee table 都寧舍大張過人，都係大宅門先會採用嘅大細，坐得分外舒適，coffee table 上面放嘅都係有品味以相片為主嘅硬皮書，方便客人等朋友時揭幾頁，悅目又唔使真係閱讀，相當周到；音樂更加係佢自家精挑細選仲攞埋版權出埋碟。一句講晒賓至如歸，冇得挑剔！咁樣一間餐廳嘅負責人話香港空蕩蕩，冇人嚟，我信佢，既然冇客人有咁好嘅客廳都係得個擺字，咁你話喇，係咪分外傷感呀！不過或者遲啲會有專門招待著漢服人士嘅中式高級餐廳都未定，唔好咁悲觀住！

公司三文治

　　撰文時內地「五一黃金週」五天長假期開始，入境處數據顯示，5月1日約80.8萬人次出入境，當中入境訪客人次約20.9萬，約八成六即近18.1萬人次為內地入境客。5月1日亦是本港勞動節公眾假期，不少港人趁假期外遊，共有19.5萬人次港人出境，稍高於內地入境人次。配合黃金週開鑼、尖東海旁的海上煙火表演，下午確認如期舉行，內地旅客觀賞後評價迴異，有讚煙火很美很浪漫，但內地社交平台小紅書亦有不少人留下負評，指煙火規模不似預期。

　　由於今次放煙火嘅地點較為接近尖東，所以嗰頭係主要嘅觀賞地點，其實都要有攻略，平睇就要一早黃昏就去霸位，食定少少嘢，否則要捱到放完散場都差不多八點半，再去食嘢會餓親。豪啲嘅話就係嗰頭都有好多靠海酒店，揀一間有海景嘅一路食一路睇就冇得頂喇，但係煙火規模又唔係煙花匯演咁龐大，得嗰十分鐘，計落條數唔係幾抵。加上成日話啲內地客唔過夜，睇完就走，恐怕最後都係冇呢支歌仔唱。

　　尖東嗰頭要搵嘢食唔難，有一段日子我都經常喺嗰度出

入，就係佢嘅黃金時期，八、九十年代大富豪最風光嗰期，成個尖東係一個不夜城，真係到處都夜繽紛發晒光㗎。其實係嗰一帶嘅酒店、商場大部分都係玻璃幕牆，日夜都會反映番其他大廈，尤其係夜晚反映嘅就係璀璨嘅燈光咁解囉！當年我開始做娛樂記者，經常出入酒店咖啡室訪問啲明星藝人，TVB日日都喺九龍香拉，即係香格里拉酒店開記招，出入多咗自然冇咗驚嘅心理。所謂驚係唔知夠唔夠錢埋單，話晒初出茅廬收入有限，唔係公費去做訪問，試問又點會無喇喇走去酒店食嘢喎。

因為工作嘅緣故，九龍區去得最多嘅係拆咗嘅新世界酒店，然後係啱啱用番舊名嘅麗晶酒店，之後就係尖東三巨頭：香拉、富豪同帝苑。當年係工作主導，啲明星、藝人鍾意邊間就去邊間唔係我話事嘅，做訪問多數係下晝三至五，下午茶時間如果個星話肚餓，就算食嘢都只係叫件蛋糕又或者三文治，一人叫杯飲品喋咋，唔可以亂咁叫叫到一枱都係嘢，否則返到公司上司會問點解張單咁貴，要解釋㗎。亦因為咁人生食得最多公司三文治就係呢個階段，因為啲星都唔鍾意做決定，而我就最歡喜出主意，公司三文治餡料咁豐富，雞肉、火腿、生菜、番茄、煎蛋，仲要係兩層切四件方便食，上枱仲暖㗎！好受女明星歡迎，啲女明星長期節食，有時講

好咗一人食兩件，但好多時佢哋掛住講嘢，最後都只係食咗
一件，佢哋又怕嘥嘢總係叫我幫佢食埋剩低嗰一件，就係咁，
尖東出咗我呢個出晒名夠義氣嘅肥妹囉！

大茶飯

虛擬資產交易平台「綠石數字資產平台」（JPEX）日前被證監會點名無牌銷售，案件至撰文時暫拘捕八人，分別為四男四女，年齡介乎 22 至 52 歲，分別屬可疑公司負責人及場外找換店店主。警方暫接獲 1641 宗報案，分別涉及未能在 JPEX 提取資產及懷疑受騙，涉款約 11 億 8700 萬港元。逾 1600 宗報案中，損失最大的一宗個案涉及「入金」4000 萬港元。至於涉嫌「串謀詐騙」，被扣留調查超過三十四小時的網絡紅人林作，於撰文前一晚保釋外出。喺扣查期間，林作女友裕美帶咗叉燒飯同凍檸茶去警局轉交畀林作做晚餐。

乜唔係想食大茶飯㗎咩？終極都想食嘅又係叉燒飯，證明叉燒飯最能夠撫慰香港人個心同埋個胃囉。我做過一個非正式嘅觀察統計，燒臘店掛出嚟最多嘅係邊樣，叉燒、燒豬、燒鴨、油雞定切雞呢？至於燒鵝一般都已經係專門店㗎喇，喺唔同區唔同時間行過任何一間燒臘店一眼望埋去，通常都係一片紅色，即係叉燒最多，咁又係嘅，即使唔係獨沽一味叉燒飯，都會係雙拼叉燒搭另一樣，即係叉雞飯又或者叉燒燒肉飯。叉燒真係一間燒臘店嘅靈魂，廣告歌都有唱：「斬

料斬料斬大嚿叉燒。」同埋電影《見鬼》隻鬼咁多嘢唔揀就係揀叉燒嚟舔嗰幕就知道喇。其次係一排黃白色，即係切雞多個油雞，至於燒豬又確係蝕底啲嘅，佢因為大隻通常會垂直切開兩邊吊喺度，顧客去買會順序切落去，而且逐條骨咁切，其實幾好睇㗎！呢個畫面係近廿年嘅狀況。

從前舊香港嘅燒臘店好玩得多，食物種類更多，遠遠望埋去第一眼見到嘅其實係橙色，冇錯，有番咁上下年紀嘅人就知道係染咗橙色嘅滷水墨魚同埋生腸，啲墨魚大大隻，啲生腸大大抽，顏色鮮艷搶眼分外觸目，近廿年已經少見咗，間唔時見到都會第一時間買。好多人都以為生腸真係豬嘅其中一條腸，其實唔係，根本就係豬乸嘅輸卵管，好多人知道咗呢一個醜陋的真相之後，唔多想食，我鍾意食佢嘅質地夠脆口唔油膩。此外仲有金錢雞，同埋用豬膶包住嚿肥豬肉我唔多吼，所以連名都唔記得。

仲有就係滷水鵝嘅掌同翼，從前爸爸斬料加餸的話，好多時係叉燒同埋掌翼，叉燒係畀我哋呢班細路食嘅，掌翼就係畀佢自己吮嘅，好多男人鍾意飲住啤酒吮骨，細個嗰陣時唔明白點解會有肉唔食一味吮骨，今時今日你畀我揀都情願食掌翼吮吓，不過啤酒唔啱飲，換杯日本清酒畀我即刻ok晒，嗰一下我覺得遺傳到爸爸嘅飲食口味，有一種講唔出嘅滿足！

231

處處都係街坊店

　　開喺太子地鐵站旁三級歷史建築的新志記海鮮菜館，2023 年中宣佈因租約期滿，將於 831 關門大吉，並表示有意出讓。1973 年開業的新志記海鮮飯店，為區內老牌菜館，雖然多年來店內裝修如一，陳設老舊，但勝在出品夠家鑊氣足，生猛海鮮小炒、馳名生炒糯米飯、足料老火燉湯等招牌菜式向來有口皆碑，一直深受歡迎。而店外高掛的霓虹招牌，與戰前唐樓建築相映成趣，半世紀以來均是太子地標之一。老闆周生表示結業決定來得突然，「業主通知要加一倍租，現在的經營環境，實在無能為力。」他指自通關後，生意未見好轉，不少本地客人也在假期週末上深圳消費。

　　去旺角場睇波前必去新志記幫襯，好似係近年撐港隊、睇港足嘅指定動作，除非趕到阿媽都唔認得，咁就冇計喇，除咗佢夠近旺角場亦貪佢有種陀地 feel，平日都係區內街坊街里幫襯多。旺角場有夜波的話，呢度就會爆滿，慢慢我就發現有啲餐廳飯店甚至粉麵檔會成為咗配套設施，意思係嗰啲地方唔係你出入開嘅，但去開嗰頭你好自然就會去食番餐。唔係話佢唔夠好，而係地理環境唔就腳吖嘛，去新志記就係

我睇波嘅附設飲食配套囉！

　　當年我喺大埔工業邨工作，造就我經常性幫襯已經結業嘅群記牛腩，就算我有幾鍾意食都好難經常由港島走入去大埔咁誇張吓話，所以當年食得就食，個個禮拜食都唔會厭。又有段時間要去上環皇后街嗰頭學嘢，一個禮拜兩次，時間就到嘅話，事前事後都好，就係會心思思走去修打蘭街嗰間潮州粉麵店食碗豬什粉，個心同個胃先至踏實。食得多就會發現，牛什同豬什最大嘅分別，牛什要落重香料去辟羶味，但豬什就清好多，用胡椒就 KO 到，唔係咩？檔檔都係胡椒豬肚湯嘅方法處理，咁都仲唔明？你冇嘢吓話。

　　數年前疫情期間去坪洲探朋友順便散心，自此愛上呢個細小嘅離島，由於島上有間專賣手繪廣彩瓷嘅店，認識咗店主兼廣彩師傅林太，索性畀咗批用咗好多年嘅日本白瓷碗碟過林太幫我畫廣彩圖案，後來又幫朋友畫另一批，所以經常性入去了解進度又或者交收，每次入去都好恨去白色外牆有張綠色卡位座椅放喺門口嗰間冰室，食碗麻辣雞絲雞翼麵，老闆自己炒嘅麻辣醬又香又麻，食一次已經上癮，再飲杯奶茶紅豆冰，幫每次短暫停留畫一個完美句號。偏偏佢有定休日，朝八晚四，對於我呢類跨區客人嚟講，係諸多不便，不

過難得食到又有期待，啲嘢再好味啲㗎！

又好似我睇戲，除咗揀戲睇，亦都揀戲院，我呢個大港島主義者，最經常出沒嘅戲院唔係金鐘就係中環高級商場入面嘅戲院，貪佢個場靚啲舒服啲囉。不過復常後去多咗金鐘嗰間，究其原因就係因為食嘢，夾啱時間嘅話總係會食啲嘢先至入場睇戲，喺月街有一間越南牛河我係常客，食番碗再入場，爽！其實喺蘭杜街本來有間食檳城蝦麵嘅，都係我名單上頭五位嘅麵店，可惜在老闆兩夫婦決定退休，賣咗個秘方畀新老闆，一轉手食物質素慢慢下降，最後梗係冇再去幫襯，心裡面真係好難過㗎。好彩話咁快就有替代品，開喺軒尼詩道大佛口嗰間黑白兩色為主調嘅叻沙蝦麵專門店，間唔時食番碗，再叫多份咖央多士，嗰種滿足感，唔係人咁品。但係唔係樣樣嘢都咁好彩有愛的替身，結論係有幸遇上，咁就冇乜所謂愛得太遲喇！

舊愛新歡

　　上市公司翠華餐廳集團計劃進行品牌重塑，執行董事兼行政總裁李堃綸表示，翠華未來將會從產品及裝修等方面重塑有逾半個世紀歷史的品牌，計劃在保留及改進舊的茶餐廳產品的情況下，推出更多新的產品以滿足客人需求。並且，計劃將營運 ESG 化，具體會在裝修物料的選擇及推廣使用環保物料的外賣包裝等方面實施。此外，也會繼續提升自己的競爭力，學習內地吸引港人北上餐廳的優點，滿足客人需求。亦計劃以全新面貌於明年第一季度回歸中環黃金地段。

　　當一間上市茶餐廳話要重新省招牌都未夠好笑，最大嘅計劃原來係將盤生意跟環境、社會同企業管治化喎，仲要搬番去中環，點呀！有冇人記得呢間茶餐廳當年點做出名堂㗎？我幫襯得最多嘅時候仲做緊報館，好話唔好聽一定有二十五年起碼，做報館埋完版先食消夜，佢開喺總統戲院對面。唔記得係咪開廿四起碼開到好夜，唔使驚要做灰姑娘限時限刻要仆到走人，又要三扒兩撥將啲食物倒落個胃，可以慢慢坐吓，最記得佢嘅魚蛋粉係出奇咁好食，要記住一般茶餐廳嘅魚蛋粉都唔會好食，偏偏佢做得相當唔錯，湯底係用魚翅骨

熬出嚟，與別不同仲要連辣椒油都精彩，就係咁佢贏咗我個心，好多時過咗 10 點要食嘢就幫襯佢，睇住佢由一間舖開到兩間舖，後來越嚟越難搵位，越夜越多人就知道佢好受歡迎！

甚至喺中環威靈頓街出現分店，當年唔少上流社會嘅名人名媛蒲完蘭桂坊，都會去嗰度食消夜 aka 早餐，先至打道回府。因為咁佢哋嘅中環店經常見報，間接幫佢哋賣咗免費廣告，廿年前我喺中環學瑜珈，都仲經常去幫襯。集資上市之後就慢慢走樣，去到一個地步令我呢個資深顧客都覺得冇癮再去，從此喺我張飲食名單上面除咗名，無謂激氣吖嘛，出嚟搵食啫！

一雞死一雞鳴，喺飲食類別搵愛的替身冇話百分百，但只要有多少市場特色嘅就容易立足喇，所謂特色即係話等你先做出名堂之後照板煮碗就會比其他人笑你抄；2019 年之後飲食用語多咗句金句，叫做好食係良知。其實呢句嘢從來都係金科玉律，做食嘅乜都唔好同我講，好唔好食先？就喺 2019 年已經出現咗嘅連鎖式冰室集團，主打多蔥豬扒雞扒飯，啲蔥真係多到如果有密集恐懼症嘅見到應該會病發囉，但我呢啲薑蔥蒜嘅鐵粉就非常啱食；同人一樣，總會有缺點，佢嘅檸茶檸水只落檸汁唔見檸檬，行政上可能係成功，但顧

客我就認為失敗,飲檸茶檸水就係要有得篤篤篤,咁惟有飲其他囉。就係咁,飲食上嘅新歡舊愛同人一樣,冇話完美,愛嗰陣乜都得,睇吓你頂得幾耐囉!

習俗傳承

　　政府事隔四年後，將於 2024 年復辦農曆新年煙花匯演，康文署正邀請有意贊助的機構於 12 月 7 日或之前遞交申請。香港最近一次舉辦農曆新年煙花匯演已是 2019 年。其後先後因反修例運動及疫情而取消。另外，2018 年當局亦因大埔公路發生嚴重巴士車禍，而取消新春煙花匯演。

　　放煙花雖則好似例牌菜，但係始終有種歌舞昇平效果，通常已發展國家先會有閒錢咁做，香港自八十年代開始初二放煙花，計番上嚟一放都四十年。煙花，短暫但燦爛，一如人生呀！因為定咗係年初二，所以喺維港兩岸嘅餐廳食肆所有海景位一早都訂滿晒，一家大細食開年飯，睇煙花就係餘慶節目，奇怪嘅係人人睇完都會笑住走，呢一點就係佢神奇嘅力量喇。

　　自從三年疫情過去，全面通關之後，香港人又再全力踏上征途，搏命去旅行，一個週末都殺，年輕嘅時候我就專揀農曆年同班朋友去日本，當年一齊玩嘅朋友係放紅假，人去我又去，而且覺得過年留喺香港好悶，來來去去都係食嗰啲

嘢，見同一班人，又冇興趣跟媽媽去同親戚朋友拜年，反正我唔出現啲利是都會去到我手上。直至爸爸離開人世，撞啱佢嘅後事完晒之後就係農曆年，因為守孝嘅關係，我哋一家人都唔可以去人哋屋企拜年，惟有陪住媽媽搵嘢玩，最記得年初一同佢去海洋公園，以為人少少可以靜靜哋，點知去到先發現原來人山人海，大部分人都係扶老攜幼，有細路嘅地方就有笑聲，唔覺意畀咗一種温暖另一種體會我。

就係呢一年開始，我反而過農曆新年一定唔再去旅行，可能係出於責任，兩個家姐住喺加拿大，兩個哥哥又有自己家庭，得我獨身冇理由留低媽媽一個人，於是開始孭起娛樂組長嘅角色，安排團年飯、開年飯去邊度食，辦年貨呢啲粗重嘢梗係我做埋喇。媽媽嗰代人重視過年，即係重視儀式感，買花買桔少不了，最搞笑嘅係一定要買一啲連枝連葉打咗嘅桔，唔係為咗食落肚，而係放喺唔同嘅地方，全盒要放，水果兜又放，油器都放，呢啲油器唔係玩嘅遊戲，係食嗰啲，即係芋蝦、角仔、脆麻花呢啲用油炸嘅過年食品呀。兩隻桔下面仲要攝封利是，寓意大吉大利喎，全盒只要有人食過都要補充，確保所有食物都係放得滿滿，盤滿缽滿喎，有一底年糕唔畀食由得佢發霉，咁呢年就會發喇。哈哈，當年我笑媽媽係中國農村婦女迷信無知，年年擺又唔見我哋有幾大吉

大利同盤滿缽滿，佢會話如果唔擺可能仲大劑喎。最離奇嘅係媽媽離開塵世十幾年唔使再做畀佢睇，我依然照做，先知道呢啲就係傳承，距離過年仲有兩個半月左右，我已經籌謀緊嗰幾餐飯，笑住做我嘅農村婦女，嘻嘻！

本地口味

新晉導演卓亦謙憑電影《年少日記》於第 60 屆金馬獎奪得「最佳新導演」和「觀眾票選最佳影片獎」。卓亦謙返港後見傳媒，他直言電影題材很沉重，擔心嚇走觀眾，所以很意外能得獎被肯定。由於啱啱返到香港，只係食咗碗米線慰勞自己，暫未慶功，亦會找時間向女友正式求婚。對於被揭父親是政務司副司長卓永興，卓亦謙稱沒有壓力：「爸爸一直支持我拍電影，他也有看《年》片，有恭喜我得獎，說『proud of you，叻仔』。」

喺我仲係年輕人實在太年輕嘅時候，最討厭恃老賣老嘅長輩對我講嘅其中一句話一定有呢句份：「家陣啲細路都唔識食嘅，乜乜乜有乜咁好食啫？」乜乜乜可以係漢堡包、薄餅、快餐、即食麵，凡係當時新興未被佢哋認同、接受、未經時間洗禮嘅食物，統統撥入乜乜乜呢條數。老人家成日感嘆食唔番以前嘅味道，尤其係佢哋當年大部分都係新移民，離鄉別井好容易有一種人離鄉賤再加上思鄉病發，學我死鬼老豆話齋，食龍肉都冇味喇。

我個年代係細路都鍾意食漢堡包，仲要係街口快餐店土炮嗰隻，啲老人家就會話漢堡包有乜好食，雞球大包好食得多喇。大佬呀，你童年就話要走難嚟香港，沿途冇嘢食惟有食樹皮，嚟到又要捱世界難得上茶樓，雞球大包又係咁多包點之中最大最多餡嘅一個，但係我情願食雞包仔，起碼味道單一合我心意。雞球大包乜鬼都有啲立立雜雜搞到味道都亂晒籠，大家成長背景唔一樣，口味建立都唔一樣，根本冇法子可以游說到對方轉軚。我個光緒年出世嘅阿嫲到死嗰陣都只係食光酥餅唔食朱古力橙餅。

我童年食蝦子麵大但唔係隻隻都好食，遇到即食麵即刻愛上，因為品質穩定吖嘛，但阿嫲唔係咁諗，佢認為即食麵嗰啲味精湯冇益，仲有當年有個都市傳言話有人食得多即食麵死咗，打開個肚成肚蠟咁話喎，農村婦女係人哋講乜都信晒㗎嘛，再加上佢哋食乜都追求有食療效用，問你死未？最嚴重嘅就一定係唔鍾意我哋食雪糕飲汽水，生冷嘢對身體唔好，冇錯佢成世人都係飲滾水同熱茶，正所謂夏蟲不可以語冰，咁可以點？代溝咁嚴重就冇乜嘢好講囉！

睇到現年 36 歲嘅卓亦謙攞咗兩個金馬獎項，返到嚟都只係食咗碗米線，我冇好似嗰啲老人家咁老人病發，覺得嚇食

米線有乜好，點解唔食乜乜乜。我阿嫲經歷戰亂，由清朝帝制走向共和，五十幾歲人先離鄉別井從頭嚟過，乜都定晒，要接受新嘢幾乎冇乜可能。去到我呢一代再到卓永興，香港其實有好多選擇，米線從來冇出現過喺我嘅美食名單上面，理由好簡單，車仔麵先至係香港原創。我向來支持本地薑，而且好食得多囉！飲食品味飲食文化有人有冇人冇，就係咁啫，見慣不怪！

雪糕車軟雪糕

　　文體旅局為宣傳「藝術三月」，一連四個週六於各區免費派雪糕。首在週末先在尖沙咀香港藝術館門外免費派發，同時慶祝該館 62 歲「生日」。以「藝術三月」為主題的雪糕車停泊藝術館正門外，向市民派發 1962 杯免費雪糕，象徵香港藝術館於 1962 年成立。偏偏第一個派發日撞正寒冷天氣警告生效，當日早上得九度，唔少市民仍興致勃勃到場享用免費雪糕和打卡，排隊等攞雪糕人龍一度維持約五十人，不論大人及小朋友皆無懼低溫食雪糕。

　　我都係食雪糕車軟雪糕大嘅一代，童年時一到黃昏五點零，一聽到嗰段音樂飄入耳仔，就知道架軟雪糕車就停咗喺山道口；大個咗鍾意古典音樂之後先知道原來係小約翰史特勞斯嘅〈藍色多瑙河〉，雖然係木琴版但勝在簡單易記。呢段音樂同細個去飲有個侍應拎住個木琴彈奏一樣，都係呼喚你埋位食嘢。作為一個細路總係貪得無厭，真係試過鼓起最大勇氣厚住面皮同個叔叔講，可唔可以轉多一圈畀我。唔知係咪個叔叔見我紅都面晒先講得出嗰句嘢，佢真係轉多一圈畀我，嗰日我直情覺得自己中咗六合彩，發咗達咁，前所未有咁高興！呢杯雪糕永遠都及時而出，因為食完佢消化完就

食晚飯，時間啱啱好！

　　當年幾多錢一杯已經唔記得，應該係五毫子之內嘅嘢，因為零用錢有限，太貴應該唔捨得食。今時今日原來佢已經係賣十三蚊一杯，幾十年升值咗二十六倍。計吓數送1962杯，三二得個六，派一次就使二萬五千幾，四個週末就使十萬鬆啲。偶然仍會見到架雪糕車停喺尖沙咀天星碼頭，聽到嗰段音樂腳步又會自動行埋去，但一見到條龍又即刻卻步，閒閒地十幾人排緊隊，其實已經去到係為咗懷舊先想食番杯嘅階段，到今日都仲未如願食番我嘅童年美好回憶。

　　有時諗派雪糕不外乎為咗與民同樂，但係可唔可以畀多少少諗法呢？點解唔派再多一啲香港特色嘅雪糕呢？起碼我心裡面就有一個喺便利店都買得到本地品牌嘅茶走雪糕，如果派呢個味道就真係說好香港故事喇！佢唔只有茶走仲有埋鴛鴦添呀！港式茶餐廳嘅兩大口味一次過曬冷，夠晒勁。係，佢嘅零售價係貴咗少少，三十四蚊一杯 gelato 意式雪糕，食過你就明點解咁貴，反正用嘅都係納稅人嘅錢，又唔使通過立法會，又唔會寫入財政預算案，使錢最緊要使得其所，凡事有得傾嘅，大批購買有優惠，sell 埋品牌當產品推廣再計平啲，都未必完全一句 out bud 算數，大家都明白呢個世界冇免費午餐，最高嘅藝術咪就係使咗人哋嘅錢仲畀人讚好囉！

食糖的歲月

日本明治糖果廠宣佈即將停止生產名為 Chelsea 的糖果，故此在該月底推出嘅會係最後一批產品，理由係市場環境同客戶需求變化，產品銷售下滑，產品盈利持續惡化，生產線已結束。Chelsea 在 1971 年推出，有五十三年歷史，期間經歷過多次包裝設計的改變，不過當中最為港人熟悉的一定係黑色花花盒包裝。印有粉紅花係蘇格蘭奶油口味、綠花係乳酸口味、橙花則係咖啡味。除了以上經典口味，仲推出過杏仁、抹茶奶同桃子奶等口味。

講起上嚟，呢隻糖咁多種口味唯獨鍾意咖啡味，無他嘅，媽媽年輕嘅時候好前衛，佢又食煙又飲咖啡，當年佢飲嘅係即沖咖啡，會加糖加咖啡伴侶，細個嗰陣我好鍾意聞咖啡味，覺得好引人入勝，媽媽起初話細路仔唔可以飲咖啡唔畀我飲，求得幾求，終於畀我試咗一啖。但飲就真係唔使客氣喇，即使有糖我都係覺得好苦，皆因媽媽飲得好濃，對我嚟講咖啡同苦茶一樣黑黢黢好難飲，咖啡比苦茶略勝一籌就係佢有一浸獨特嘅香味，之後我再冇出過力去愛上咖啡。直至有一日食到呢隻咖啡糖，不得了，佢既有咖啡香但一啲都唔苦，咖

啡同奶嘅比例好好，終於接受到咖啡味道，對我嚟講係件大事，因為覺得自己已經係個大人，雖然嗰陣我仲讀緊小學。

細路仔階段有好幾種糖都已經成為回憶中嘅味道，第一種係麥芽糖，用筷子捲一團當糖食又得，拎去夾克力架餅乾又得，後來食多咗其他糖就開始同佢失聯。第二樣係叮叮糖，鍾意小販叫賣嗰陣敲打切糖嘅金屬器具所發出嘅叮叮聲，然後係佢嘅薑味，不過咁獨特嘅嘢慢慢都式微咗。第三樣係過年至愛瑞士糖，到大個咗有一日出席喪禮，喺嗰份吉儀入面又見到佢，令我好混亂，點解過年咁喜慶同死人咁傷感都係食同一種糖嘅？十幾歲嘅我諗唔通亦接受唔到，惟有疏遠佢囉！

喺我成長嘅年代，主要嘅糖果唔係英國嚟就係日本嚟，我嘅口味亦經常遊走呢兩個地方嘅同類型出品，作出比較之後，就揀定食邊種。果汁糖係我嗰個年代所有細路嘅初戀，英國貨其實係出色嘅，但講包裝就真係日本叻啲，我分外喜歡佐久間水果糖，佢用金屬罐仔裝住，每粒糖倒出嚟都包住一層糖粉，而且五顏六色好多味道，我人生第一次唔趕住食晒佢，係因為個鐵罐畀咗種安全感一個細路，講都唔信呀！弊在三十六年前睇咗一部動畫叫做《再見螢火蟲》，未試過

香港美味

睇卡通片會喊到收唔到聲，睇完之後搞到我都有童年陰影，
就係見到戲入面哥哥最後用本嚟裝糖嘅罐裝住妹妹嘅骨灰。
呢隻糖已經停產咗，搞搞吓我嘅童年回憶主動被動都好，逐
啲失去咗 luu，憶苦思甜，若果都仲記得就梗係甜㗎喇。

親子時刻切水果

太子生果店疑遭盜竊，現場為太子道西 94 號地下一間生果店，約早上九時許，有店舖負責人報案，指原擺放在店外的四箱生果不翼而飛，遂報案求助。經初步點算，店舖被偷走兩箱榴槤、一箱火龍果及一箱哈密瓜，損失約 3300 元。閉路電視所見，有人拆毀保鮮紙，再將生果抬走。警員到場調查，將案件列作盜竊案處理。警方正追緝一男一女歸案。

呢兩個雌雄大盜都算好力，榴槤一個都嫌重，更何況仲要兩箱咋，都唔知佢哋點抬？哈密瓜都唔輕得去邊喇，火龍果都一樣，其實任何靚水果都係重嘅，因為唔夠水分又點叫得係靚，冇水唔多汁又有乜好食！試吓七、八月份去台灣食豐水梨、秋月梨呀，又大隻又多水，又係隻隻都咁墜手㗎。試過朋友買咗一箱畀我，我行李已經超重，惟有忍痛割愛，一箱八隻我係咁意拎兩隻放手袋，都後悔㗎，就係重，㧬到我側側膞囉！

有時諗起細個食水果，一般不外乎係蘋果香蕉橙，遇到特別嘅水果，好似菠蘿、蜜瓜、哈密瓜，咁就精彩喇。通常

會由爸爸主持大局，就菠蘿先啦，鋪好報紙，幾兄弟姊妹就會圍住張飯枱等睇表演，爸爸就會水果佬上身咁去開個菠蘿，首先切咗個頭，然後再切開啲皮再打斜一條條起晒啲菠蘿釘，與此同時媽媽就會拎一個大湯碗放水加鹽，爸爸將菠蘿切成一片片之後，就放入大湯碗嘅鹽水入邊浸一浸我哋先至可以食，否則條脷會唔舒服。新鮮菠蘿浸鹽水係最傳統嘅食法，但係一般家庭其實會要求檔販開埋先，所以爸爸識開菠蘿，我都覺得佢勁叻叻！

蜜瓜同哈密瓜都一樣，報紙鋪完枱爸爸會將個瓜一開為二，然後用匙羹刮走入邊嘅瓜囊同核，見佢三兩吓手勢就清得一乾二淨，再將個瓜切成一片片，我覺得好好玩，要求參與。但係屋企唔會一次過食晒成個，媽媽會用保鮮紙包住另外半個第二晚先食，於是第二晚我先有機會負責刮，可惜細路仔唔夠心狠手辣，刮得唔夠乾淨，要爸爸執手尾，但諗番轉頭都幾甜蜜，原來幾十年前已經同爸爸四手聯成切哈蜜瓜，哈哈哈！

睇爸爸開唔同嘅水果就好似一個親子活動咁，有問答環節，有示範有體驗，有爭揀先爭大細邊，樂也融融。唔使根據爸爸嘅綜合分析，榴槤係最唔抵食嘅水果，因為個殼好重，

核又大粒，果肉其實佔成個水果嘅重量十分一，偏偏佢係賣得最貴嘅一種。用佢嘅邏輯推算，漿果類最抵食，若果真係要計，藍莓係終極冠軍，因為紅莓、桑椹仲有條梗，士多啤梨都仲有個綠色葉梗係唔食得嘅，一百萬嘅題目嚟喇，用我死鬼老豆嘅價值推算，果王應該係榴槤定藍莓呢？

不懷舊只念好

2022 年不敵新冠疫情結業的中環老式茶樓蓮香樓，4 月 1 日起在原址重開試業，保留點心車、茶盅泡茶等茶樓文化，吸引大批舊茶客到茶樓回味。蓮香樓負責人稱，已重聘前廚房及樓面伙記，繼續以舊菜單應客。另外為咗吸引年輕客源，特意在地舖位置開手搖飲品店「蓮香茶」，以傳統蓮香樓茶葉製作新式飲品。不過目前重開只是「期間限定」，因為原址將會清拆，三年後須再定去向。

歌都有得唱喇，舊夢不須記，逝去種種昨日經已死，係咪，愛人定餐廳其實都一樣，我為食，又鍾意懷舊，有埋情懷仲好，唔知係咪我份人比較脆弱，心靈好容易受打擊亦都唔鍾意二次傷害。經驗話畀我知，有啲嘢過咗去就算，就好似一啲老牌餐廳終究結業的話，不論係經營不善、老闆年邁冇人接手，定係水準下降，都會令老顧客不捨，有啲會隔一陣就以同樣名字同一地點重開，我總係好猶豫好唔好再去幫襯呢？你或者會問食餐飯啫使唔使咁複雜啊？你有所不知，作為一個為食鬼，投放咗咁多金錢同感情喺係一間餐廳度，希望嘅回報就係食餐好嘅滿足自己嘅身心靈，假如遇到一啲

借屍還魂、得其名不得其神嘅，一餐唔好食嘅飯事小，但破壞咗我對佢嘅最後印象事大吖嘛，畫花咗個快勞就唔好喇，辜負埋人哋創辦人一生努力建立嘅大寶號，你話係咪重創呀！

最近接連有兩間老字號都以同樣名字重新開張，一間中菜一間西餐，兩間都喺中環，係咪會第一時間仆到去幫襯呢？老實講都真係抱住觀望態度㗎咋。又或者係我同呢兩間老字號嘅緣分未夠，出世出得遲錯過咗佢哋風華絕代嘅時候，到我去幫襯都已經係年華逝去，徐娘半老，感覺名大於實。就好似推點心車叫賣完全係一種懷舊，我童年回憶入面冇缺少呢一塊，經驗係有趣嘅，偶然一次冇問題，停留就咪搞喇。

我跟屋企人上茶樓上到出嚟做嘢先至減少，童年時候嘅茶樓點心，由一個二個阿姐揹住一個大兜喺前面，上面放咗幾款唔同嘅蒸籠點心，冇法子重量係問題，唔可以阻住佢哋視線係另一個技術問題。後來先至換咗手推車，咁就好玩喇，因為呢啲點心車會分門別類，蒸還蒸、炸還炸、甜點歸甜點，當年我最渴望嘅係嗰架甜點車，最上嗰格係放咗一大兜彩色嘅啫喱糖，如果叫一客的話，阿姐會�一小兜出嚟灑上椰絲先畀個客人。媽媽從來唔畀我叫呢味，因為佢認為啫喱糖自己都整得到，問題係屋企嘅啫喱糖唔會係彩色只會有一至兩

種色，亦都唔會有椰絲，你問椰絲係咪畫龍點睛呢？計我話佢只係錦上添花啫，細路仔就係有佢自己嘅幻想世界。若果推點心車啲嘢會好食啲，我就一定支持，可惜我一早長大咗，冇咗呢種童心好耐 luu ，你仲有，咁我就真係恭喜你呀！

書　　　名：香港美味
作　　　者：盧覓雪
封面繪畫：Man僧

出　版　社：亮光文化有限公司
　　　　　　Enlighten & Fish Ltd
主　　　編：林慶儀
編　　　輯：亮光文化編輯部
設　　　計：亮光文化設計部
地　　　址：新界火炭坳背灣街61-63號
　　　　　　盈力工業中心5樓10室
電　　　話：(852) 3621 0077
傳　　　真：(852) 3621 0277
電　　　郵：info@enlightenfish.com.hk
網　　　店：www.signer.com.hk
面　　　書：www.facebook.com/enlightenfish

2024年7月初版

I S B N　　978-988-8884-09-4
定　　　價：港幣＄138

法律顧問：鄭德燕律師
版權所有　翻印必究

商台統籌：古善群、何蔓兒
商台製作有限公司
香港九龍廣播道3號
電　　　話：(852) 2336-5111
傳　　　真：(852) 2338-9514

  授權出版